というのに、
晨生
ない。
ちあげ、晨生の腰に絡めた。
熱に

ラルーナ文庫

# 生け贄王子の婚姻譚

鹿能リコ

三交社

CONTENTS

Illustration

緒田 涼歌

# 生け贄王子の婚姻譚

本作品はフィクションです。
実際の人物・団体・事件などにはいっさい関係ありません。

赤々と燃える松明《たいまつ》が、闇《やみ》を照らしていた。

蒼萃《そうすい》国の初代からはじまる、歴代の王を祀《まつ》る太廟《たいびょう》、その地下の社《やしろ》で、ふたりの男——どちらも二十代後半だ——が無言で向かいあっている。

ひとりは、縈晨生《けいしんせい》。蒼萃国の公子《こうし》（王子）。

いまひとりは、淑冬霜《しゅくとうそう》。蒼萃国の隣国、紫豫《しよ》国の公子だ。

夏華《かか》では黒髪に黒い瞳《ひとみ》の人間が大多数だが、冬霜の髪はほぼ白に近い金で、おまけに青い瞳の持ち主であった。

ふたりとも均整のとれた体格の長身で、晨生の方が少しだけ背が高い。しかし、体の厚みは冬霜の方が勝っている。

晨生は切れ長の涼しげな目元とすっと通った鼻梁《びりょう》、そしてやや大きめで形のよい唇をした、文句なしの美青年であった。

冬霜は、夏華の基準でいえば鼻が高すぎている。しかし、決して不細工ではなく、目鼻や口の配置は悪くない。個性的で魅力的な顔だちといえた。

「……さて、いつまでもこうしていても、埒《らち》があかないな」

ぽつり、と冬霜がひとりごち、罪人の着る赭衣《しゃい》に手をかけた。

冬霜の声に晨生も覚悟を決める。濃紺の絹地に錦糸で刺繍《ししゅう》をほどこされた長袍《ちょうほう》を脱ぎ、席（竹製の敷物）の上に広げた。

廟の中に、寝具などない。これから——決まりとはいえ——、同性に陵辱される冬霜を慮《おもんぱか》った晨生の、わずかばかりの厚意であった。

「すまない。……こんなことなら、あの時、捕虜の交換になど応じなければよかった」

「それは違う。そもそも俺は、このための身がわりとして、あの戦に呼ばれていたのだ。晨生殿が気に病むことはない」

いつの間にか全裸になっていた冬霜が、長袍に腰をおろした。

青い瞳をまっすぐに晨生に向けて、しないのか、と表情で語りかけてくる。

冬霜はこれからふたりがする行為に対して、晨生が気にするほど嫌悪していないようであった。

よかった……。だが、男同士での性交など、いったい、どうしたらいいのか……。

女性相手の閨事《ねやごと》に関しては、経験豊富な晨生であった。しかし、男を抱いたことはない。

いったい、誰《だれ》が、戦で捕虜にした敵将を太廟内の土地神を祀る社で生け贄《いにえ》に捧げる、などといい出したんだ？

心の中で晨生が、遙《はる》かな過去にいた誰かに向かって毒づく。

晨生が裸になり、絹衣に座る冬霜の正面に膝《ひざ》をついた。

「すまない。僕は、その……男とのやり方を知らなくて。どうすればいいか、見当もつかないんだ」

申し訳なさげに晨生が告げる。冬霜が「あぁ」と、こともなげに応じた。

「それならば、晨生殿は、ただ、ここに寝ていればいい。後はすべて、俺がやろう」

冬霜が目を細めた。それが、晨生を安心させるための笑顔だと気づいたのは、横たわった晨生の体に冬霜が触れてからであった。

冬霜は、晨生の太ももにまたがると、躊躇《ちゅうちょ》なく男性器に手を伸ばした。

黒々とした茂みに覆われた陽物に指先が触れ、表面をなではじめる。

「どうだ？　感じるか？」

ため息のように掠《かす》れた声で、冬霜が囁《ささや》いた。

晨生は、傷跡が幾筋も走る冬霜の白い肌を見つめ、うなずいた。

「それはよかった。晨生殿が役に立たなければ、俺たちふたりは、一生ここから出られないからな」

「明日の朝には出られるよう、努力するよ」

この場合の努力とは、勃起《ぼっき》して冬霜の中に劣情を放つことだ。

そうしなければいけないのは、わかっている。……だけど、複雑な心境だな。

土地神への生け贄に捧げるとは、殺せという意味だ。だが、それはできないと拒絶した晨生に、太常《たいじょう》（宗廟を司る官）が「ならば」と出した代案が、冬霜を犯すことだった。男は殺し、女は犯す。それが慣例なのだ。

冬霜は男だが、殺せないなら、せめて犯すこと。それができるまで、晨生も冬霜も、ともにこの太廟に閉じこめる。

そういって、太常はここから去っていた。

だから、僕が冬霜を抱くのは、しかたのないことだ。だが……でも……。

煮え切らない晨生を見て、冬霜が泣き笑いの顔になる。

「ならば、目を瞑《つぶ》っているといい。今、晨生殿の相手をしているのは半分異界人の男ではなく、娼婦《しょうふ》。……そう想像すれば、興奮できるのではないか」

冬霜は手を伸ばし、晨生の両目を覆った。

温かい手に誘《いざな》われるように、晨生はまぶたを閉じる。

視界が暗くなると、冬霜の息づかいが耳に響いた。

触れる肌の感触や温《ぬく》もりも、強く感じる。

冬霜は、晨生の楔《くさび》をやわやわと握っていた。そして晨生の胸元に顔を伏せ、薄茶の乳輪に唇で触れた。

「…………っ」

温かく湿った肉に舐《な》められて、晨生の肌が粟立《あわだ》った。

冬霜は乳輪に円を描き、小さな粒を舌先でつつき、そして吸いあげる。

それらすべてが、熟練した娼婦のように巧みであり、また、膨らみかけた陰茎を握る力加減も絶妙であった。

これを……あの、淑冬霜にされているなんて。信じられない。

隊長として戦場で前衛を担った際の鋭い突撃、遊軍を率いれば、これ以上ないという呼吸で危機に陥った味方を助けた。

敗走時には、殿軍を引き受け、敵を足止めして味方を逃す。

混戦となれば一騎兵として戟《げき》をふるい、鬼神の如《ごと》き戦いぶりを見せる。

味方ならずとも敵でさえ、称賛せずにはいられない。

淑冬霜は、そういう男だった。

晨生も、敵として戦いながら、冬霜に惹《ひ》かれていた。

厄介な強敵と畏《おそ》れながらも、心の奥底では将たるならばあのようでありたいと、憧《あこが》れ尊敬していたのだ。

なのに、今はまるで娼婦のような手管を弄《ろう》し、男に奉仕をしている。晨生が驚愕《きょうがく》するのも、無理はなかった。

……いったい、彼は、どんな人生を送ってきたのだろう？

冬霜のいいつけにそむいて、晨生が目を開けた。

篝火《かがりび》に照らされ、赤く染まった冬霜の髪を目にしながら、晨生は記憶の襞《ひだ》にわけ入るように、過去を思い出していた。

晨生の父、蒼萃国十一代国王・威豪《いごう》が崩御した。

次代の王は、王后・少君《しょうくん》の産んだ王太子の延寿《えんじゅ》――晨生の一歳年下の弟――に決まっている。

蒼萃は国を挙げて服喪に入った。しかし、その隙《すき》を狙《ねら》ったように、蒼萃最北の地・宥《ゆう》州《しゅう》に隣国の紫豫が侵攻してきた。

宥州から一報を受け、国都・青瑛《せいえい》にある藍宝《あいほう》城では、宰相をはじめとした高官らが直ちに派兵を決定した。

そこまでは早かった。が、そこからの対応がまずかった。

宮廷の勢力は、現在、笵《はん》氏と侯《こう》氏に二分されている。

笵氏は十年前に亡くなった威豪の母である王太后・恵昭《けいしょう》の実家だ。恵昭の兄の長男――すなわち甥《おい》――で、大司馬の巨卿《きょけい》が現在の当主だ。

対する侯氏は王后・少君の実家である。当主は少君の兄で大司空の君房《くんぼう》。

威豪が王であった頃は、うまくさばいて双方のつりあいを保っていたのだが、その死をきっかけに均衡が崩れた。

宥州へ送る軍の人事で、もめにもめたのである。

結局、総責任者である北伐将軍は笵氏でも侯氏でもない――日和見《ひよりみ》の――李《り》が選ばれた。

それ以下の人事に関しては、歩兵校尉には笵氏の娘婿の郭林宗《かくりんそう》が、軍監には侯氏の部下の孔《こう》が、というように、以下、笵氏と侯氏がほぼ同数の自家勢力を送りこんだのである。

そして、兵馬も糧秣《りょうまつ》も整い、いざ出発という頃あいになって、ひとつ、大きな問題が発生した。

蒼萃国には、いくつか、他国にはない決まりがある。

それは、大規模な戦――特に他国を相手にした――の場合、王族を最低ひとり、帯同させる、というものだ。

蒼萃の王族には、特別な力がある。

夏華では、多少の念動力ならば庶民も持っている。また、仙薬の技法も発達している。しかし、蒼萃の王族の力はそのどちらでもない。

天候を操る、というのが、それだった。

干ばつには雨を降らせ、長雨や異常な豪雨には、雲を追い払う。

その結果、蒼萃国の農作物は他国に比べて非常に安定した収穫を維持し、同時に風雨による被害も最小限に抑えられている。

王族の能力により、蒼萃は余裕が生じ、文化が発達した。

東方の文化大国というのが、夏華における蒼萃の位置であった。

そして、天候を操る力というのは、平時ではなく戦時にも発揮される。地形を生かした風を吹かせ、戦闘を有利に運ぶのは当然のこと。他にも、相手の陣にのみ雨を長期にわたって降らせ、敵兵の士気を鈍らせる。

初代の蒼萃国王・昊昭《こうしょう》に至っては、敵陣に雷を落とし、また豪雨で川を氾濫《はんらん》させて、敵兵をことごとく撃退したという逸話まで残っていた。

長い年月が過ぎ、代を経て、今の王族にそこまでの力はない。それでも、多少の祈雨や止雨はできたし、複数が集まれば豪雨を止めることはできた。

出兵に際して生じた問題は、他でもない。王族の男子がみな、戦場に行くのを理由をつけて断ったのだ。

王太子の延寿と長子の晨生は、実父の喪中ということで、最初から除外されていた。

他の公子は、といえば威豪に弟がふたりと叔父《おじ》がいる。しかし、さすがに年齢が高すぎるとあって、これも従軍は免除される。

残る若い男性の王族は、王の喪中に従軍するなど不敬この上ないと詭弁《きべん》を弄し、それどころか詐病をもちいてまで従軍を断ったのである。

おりしも、季節は秋から冬に向かっていた。蒼萃の最北部の宥州では、寒さも国都に比べれば格段に厳しい。

国都の豪華な宮でぬくぬくと過ごしてきた王族が、辺境の過酷な地に赴きたいはずがないのである。

そうこうしているうちに、十日、二十日と日が過ぎて、とうとう宥州の上陽郡《じょうようぐん》が、紫豫に降伏したと報告があった。

州軍も善戦しているが、毎日、援軍の要請が国都へ届いていた。

一郡となれば、住民は千戸を越え、一戸につき五人がいるとするならば、五千人もの人々が苦境に喘《あえ》いでいる。

それも、このままでは増えることはあっても、減ることはない。

自家として与えられた永楽宮《えいらくきゅう》で静かに喪に服していた晨生は、上陽郡の民を思うだけで、いても立ってもいられなくなった。

僕は、長男ではあるが、継嗣ではない。ならば、いっそのこと――！

覚悟を決めて、晨生は縞素《こうそ》（喪服）のまま、宰相の邸宅を密《ひそ》かに訪問した。そこで、宰相に自分が軍に同行すると、申し出たのである。

宰相は、初め、父の喪中に軍に帯同するなど不孝だと、晨生の出陣を渋った。

「それは、重々承知の上です。私は公子にもかかわらず、天候を操る力がありません。私は、普段、民になんの恩恵も与えられません。だからこそ、一刻も早く宥州まで軍を向かわせることで、民の力になりたいのです」

そう。晨生は公子にもかかわらず、天候を操る力がなかった。

最初からなかったのではない。幼い頃はむしろ、先祖返りといわれるほど、強い力を発揮していた。

しかし、十二歳となって成人の儀――王や高官らの前で、天候をかえてみせるのだ――を行った時、晟生は力を使えなくなっていた。

王子にもかかわらず、天候を操れない。この事実が、晟生の立場を微妙なものにした。嬪《ひん》だった母を七歳の時に亡くした晟生を憐《あわ》れんだ――威豪の閨房《けいぼう》に送り込んだ娘が公主しか産めなかった笵氏の計算もあったが――王太后が、晟生を手元に置いて生育していたので、なおさらだった。

力のない王子に王位を望めるはずもない。

威豪には他に男子がいないこともあり、自動的に弟の延寿が王太子に決まった。

公子となった晟生は、それでも礼儀作法や典籍を学び、自己を高め続けた。

王族として失格でも、力のなさを理由にして自堕落な人生を送ることは、晟生の人としての矜持《きょうじ》が、許さなかったのである。

晟生の申し出は、笵氏には力のない者が行ってどうすると冷眼を向けられ、侯氏には無力な公子がなにを必死にと嘲笑《ちょうしょう》された。

それ以外の者からは、晟生の立場の複雑さに、憐憫《れんびん》をもって受け入れられた。

こうして敬天将軍の地位が晟生に授けられ、ようやく軍が出発した。

先遣した歩兵部隊と合流し、他州で徴兵した兵を途中で吸収し、宥州に入る。上陽郡まであと二日にまで迫った時、国都から急使が訪れた。

急使は、王太子の延寿が薨去《こうきょ》したと知らせるためのものだった。

楼台で近侍と酒盛りをし、酔った挙句に墜落したのだという。これで、将軍の李が浮き足立った。そして、軍監の孔も。

笵氏や侯氏とはなじみの薄い王孫の誰かが、王座につくのだ。国都で次期王位を巡っての、熾烈《しれつ》な政争がはじまるのは明白だった。

笵氏や侯氏にとっては落ち目になるやもしれない事態であり、それ以外の者にとっては、両家にとってかわる、絶好の機会であった。

「今すぐ、国都に戻る」

すぐに軍監がわずかな手勢を連れて、軍を去った。軍監とは、軍において兵士の規律を監督する職務だ。

その軍監が真っ先に国都に帰ってしまったのだ。他の者に規律を守らせることはできず、櫛《くし》の歯が欠けるように、上層部から人が消えていった。

北伐将軍となった李も、晨生に印璽《いんじ》を押しつけて軍を去った。後に残された将は、晨生を入れても、数えるほどであった。

「晨生様、このまま上陽郡を見捨ててはおけません。事態を大司馬に報告し、その間は臨時に晨生様が帥将となり、諸事を差配なさるのがよろしいでしょう」

軍規破りを平然と行う高官らに呆然《ぼうぜん》とした晨生に、そう声をかけたのは、歩兵校尉の林宗だった。

巨卿の娘婿という立場でありながら、舅《しゅうと》の補佐をするより、任務の遂行を選ぶあたり、林宗は誠実で信の置ける人間であった。

年は、晨生と同じ二十九歳。身長は晨生より三寸ほど低いが、武人らしい体つきで胸板が厚く、腕も太い。

彫りの深い整った顔立ちで、笑うと目が糸のようになる。そこが、なんとも親しみやすい。兵卒からの人望も厚い。薫風《くんぷう》のような人物だ。

晨生と林宗は馬があい、それ以降、軍に関することはふたりで相談をして決めた。

笵氏、侯氏関係なく、有能な者を引きあげ、役に就かせる。同時に、占拠された上陽郡と紫豫軍についての情報を集めた。

それらを行いながら、宥州まで進軍し、蒼萃軍は野天に宿営した。

濃紺の蒼萃国旗を掲げた、ひときわ大きな帷幄《いあく》が本陣だ。

そこに近隣の邑《むら》に宿泊していた紫豫の商人が連行されてきた。そして、晨生と林宗で尋問をはじめる。

紫豫の商人の名は杜《と》といい、紫豫国でも限られた地域でしかとれない、珍しい毛並みをした動物の毛皮や、仙薬の材料となる木石を扱っている。

杜は紫豫だけではなく、蒼萃国の国都にも店を構えており、貴門を顧客にもっていた。そういう杜であったから、尋問といっても、穏やかな話しあいに近い。

晨生が冬霜の名を聞いたのは、この杜の口からが初めてだった。

「……淑冬霜様は、私が商品を仕入れている土地で都尉令をなさっていたお方です。山岳地帯を隠れ家に山賊たちが多く出る地域で……。最初は隷民の兵卒でしたが、みるみるうちに手柄を立てて、ついには、都尉令の地位にまでなられました」

「淑……ということは、隷民だが王族の血を引いているのか？」

杜の説明に、林宗が口を挟む。

「そうです。冬霜様のお父上は、今の紫豫国王でいらっしゃいます。しかし、お母上は、異界人なのです。抜けるように白い肌、珍しい色の髪と目のもち主と、遙か西方の地から奴隷商人に連れてこられた方で……」

その言葉に、晨生と林宗は顔を見あわせた。

国により細部に違いはあるが、身分制度自体は、似たようなものだ。

隷民（奴隷）が良民（自由民）になるには大手柄をたてるしかない。そして、良民であっても爵位をあげて都尉令の地位にまで昇ることは、並大抵のことではない。

にもかかわらず、冬霜は隷民から都尉令になったのだ。しかも異界人の血を引きながら。

この一事をもってしても、冬霜の有能さが知れようものだった。

「母親が異界人……か。冬霜殿は、なにか異能があるのだろうか？」

晨生が尋ねる。

夏華の世界には、異界と通じる境界がある。時折、そこから人が訪れる。それを称して、異界人という。

異界人は、見つかるとすぐに保護され、元の世界に送り返される。そのため、夏華に留《とど》まることは、極めて稀《まれ》だ。

異界との境界が見つからない場合か、自ら望んで夏華に留まるか、それ以外はない。

自ら望んで留まったひとりに、南方の雄、朱豊《しゅほう》国の国王・晁鳳璋《ちょうほうしょう》の寵臣《ちょうしん》がいる。

その寵臣は、千里眼をもって王に仕え、犯罪を減らし、朱豊にかつてない治安と安寧をもたらしたと盛名をはせていた。

晨生の問いは朱豊の異界人のことが頭にあったからだ。

杜の答えは「あの方は、いつも肩に鴉《からす》を止まらせています。鳥や獣と話ができる、と、兵らの間では、もっぱらの噂《うわさ》でしたが、さて……」というものだった。

鳥や動物と話ができても、戦には直接、関係ない。晨生と林宗は、異能については考えないことにした。

他に、杜に細々と現在の上陽郡について——上陽郡の太守は、兵とともにすでに隣の郡に逃げている――尋ねた。

必要な情報を得た後は、晨生は杜に金十斤を与えた。警護の兵を幾人かつけ、手形に晨生の名で裏書きをし、関を通行できるようにして、杜を解放した。

国をまたいで商う商人というのは、不思議な生き物で、国というくくりに縛られない。

たとえ、戦の相手国であっても、常にかわらぬ商売をする。それが、商人の信のたて方
なのであろう、と晨生は推し量るしかない。


その後、晨生たちは、占領された土地を奪い返すため、上陽郡に軍を進めた。

最終的な目標は、紫豫軍を宥州から追い出すことだが、とりあえずの目的地は、紫豫軍
の将軍がいる、上陽郡の中心地、太守の役所が置かれた平林《へいりん》だった。

紫豫軍は兵を出さず、順調に蒼萃軍は進んでいった。

この時点で、紫豫の軍勢は騎兵三千、歩兵六千と、概要がわかっている。対する蒼萃軍
は、かつての上陽郡の兵も吸収し、騎兵五千、歩兵一万五千にまで膨らんでいる。

戦闘もなく進むことに、晨生が疑問を覚えると、林宗が答えた。

「紫豫は、大軍に有利な地形では、攻めないつもりなのでしょう。私でしたら、この先の
川を渡る時、その後の森林、平林に入る直前の山越えで、狭隘《きょうあい》な道を進む際を狙います。

大軍に寡兵で挑むのならば、敵が大軍の利を生かせない時を狙うのが常道ですから」

「……郭校尉はどう対処するつもりか？」

「奇襲にも、常道があります。奇襲があると予想していれば、手は打てるものです」

「少しでも兵卒を失うことのないよう、よろしく頼む」

晨生の言葉に、林宗がしっかとうなずいた。そんな晨生の兵への気遣いは、林宗を通じて、ゆっくりと軍全体に伝わっていった。

当初、なんの力もない公子の同行に、不満げな顔をしていた兵も、晨生を知るにつれ、この公子でよかったと思うようになっていたのだ。

自然と兵気が増し、軍から惰気が消えた。

林宗の言葉通り、渡河の際や森林、山越えで紫豫の奇襲はあった。

しかし、あらかじめ定めてあった手はず通りに対処したため、損害は、軽微なものに留まった。

晨生は、遺体を丁重に弔うよう指示し、また紫豫による略奪を受けた現地の状況を聞き、国都の宰相へ民の窮状を訴える書状を送った。

同時に、自家の府庫から黄金を上陽郡に運ばせるよう永楽宮の家宰に命じた。

「私財を投じられますか。なかなかできることではありません」

林宗が感心したというふうにいった。

「私には、妻子がいないのでね。余った歳費が貯まっていたものだよ」

成人前の晨生には、巨卿のひとり娘を娶《めと》るという話が出ていた。

しかし、それも力がないことがわかると、自然に立ち消えになっていた。晨生が娶るはずだった巨卿の娘・春華《しゅんか》の夫には、目の前にいる林宗が選ばれた。

林宗は、おそらくこの件を知らない。

ただ、晨生は自分が得られたかもしれない幸せの移り香のようなものを林宗から感じ、無性に虚《むな》しくなることはあった。

晨生は、目の前にいる林宗にだけ目を向け、家族のことは考えないように努めた。

これらの会話は、進軍の休憩中に幄の下でなされた。幄の柱に鴉が止まっている時があり、黒曜石のような瞳が晨生をじっと見ていた。

晨生と目があうと、鴉はひと声鳴いて飛び立った。漆黒の翼を持つ鳥に、晨生は杜から伝え聞いた冬霜の噂を思い出していた。

僕を監視していた？　いや、まさか。そんなはずはない。

湧《わ》きあがる疑念を、晨生は即座にふり払った。

それ以降、晨生は鴉を目にする機会が増えた。鴉など、どこにでもいる鳥だ。気にしはじめれば、いくらでも目に入ってしまう。

蒼萃軍は、ほとんど死傷者を出さずに難所を越え、平林まであと二日という距離に到達した。ここから先は、ゆるやかな平地が続く。

平林の近くにちょうどよい見晴らしの丘があり、そこに晨生らは本陣を置いた。

戦いの気配を察してか、兵以外に人の姿はない。

田畑の刈り入れは終わっていたが、じきに、冬がやってくる。宥州の冬は厳しく、小雪がちらつくようになれば、自然と停戦となり、戦は明年にまでもちこされる。

春は、種まきの季節だ。春に田畑で戦を行えば、その分の収穫は見こめなくなる。

「そうなる前に、なんとしてでも紫豫軍を追い出したいものだ……」

丘より田畑を見おろしながら、晨生がひとりごちた。ため息のようなその言葉を、横木に止まった鴉が聞いていた。

翌日から、早速戦いがはじまった。平林の城壁から、紫豫兵が討って出たのだ。

いよいよ戦がはじまり、晨生は緊張した。しかし、ここで臆《おく》していては、全軍に悪い影響が出る。腹に力をこめ、居並ぶ兵に向かい、朗々と語りかけた。

「……敵は、王の崩御につけこみ上陽郡を占領し、喪を汚した。盗人のような行いだ。奴らは、我らの士気が落ちていると思っているだろう。ここで不甲斐《ふがい》ない戦をすれば、奴らの思うつぼだ。礼を失した者どもに敢然と立ち向かい、蒼萃国の底力を思い知らせようではないか」

力強い晨生の言葉に、全軍が沸き立った。

国の弱みにつけこむのは、外交の倣いといえど、された方の気分は悪い。

兵の鬱憤《うっぷん》を、晨生の言葉が闘志にかえた。これ以上ないほど、蒼萃軍の士気が高まる。

校尉の位のまま、実質的に全軍を指揮する立場となった林宗が、迎え撃つ兵を出した。林宗の部下の宋《そう》が兵を率いて前進する。

敬天将軍の地位を得ても、晨生は公子だ。戦場に出ることは林宗から止められている。甲《よろい》に身を包み、背もたれのない交椅《こうい》に座り、ただ戦を見ているだけだ。

紫豫軍の戦力は騎兵のみ五百ほど。両軍が対峙《たいじ》し、弩《ど》による口火が切られた。

次に弓による応酬があり、矢が尽きる前に、敵兵のうちの半分弱、二百ほどの部隊が、突撃してきた。

「これは……」

思わず、晨生の口から驚きの声が漏れた。紫豫軍の騎兵の勢いが、あまりにもすさまじかったからだ。

あの兵は、強い。

戦は初めての晨生でさえ、そう直観する。

他の騎兵となにが違うのかはわからないが、そう確信したのだ。

そして、晨生の予想は当たり、紫豫軍の突撃を受けた場所は、暴風に木がなぎ倒されるように兵が斃《たお》れていった。

「……紫豫と我が国では、これほど兵の強さに差があるのか？」

「いいえ。もしそうであれば、とうの昔に、蒼萃は紫豫の国土となっております」

……では、あの先鋒《せんぽう》が、特別に強いということか。

隣に立つ林宗の答えを聞き、晨生が内心でつぶやいた。

宋は、騎兵によってほころびができた隊列を補うように、すみやかに兵を補充した。そうした手当をしつつ、別の隊を紫豫軍の側面から攻撃するように動かした。

騎兵のみの紫豫軍と歩兵が主の蒼萃軍では、蒼萃側に分が悪い。が、数というのは、そのまま力でもあり、ぶ厚く騎兵隊を囲んでしまえば、殲滅《せんめつ》も可能だ。

じっと戦場を見ていた林宗が「おかしいですな」とつぶやいた。

「……敵兵ですが、連係がとれていません。先鋒がこちらを攪乱《かくらん》し、それに乗じて本隊――残りの騎兵――が、続くかと思ったのですが、動きが鈍い」

最初の攻撃でできた穴が、ふさがれないようにするか、最初の隊が側面から攻撃されないようそちらを牽制《けんせい》するか。

林宗はそう動くと予想していたようだった。

しかし、紫豫の本隊の動きは鈍く、まるで先鋒を見殺しにしているかのようだった。

先行した騎兵隊は、側面からの攻撃を避けるように、斜め前方に進み出した。

宋の出した兵と戦いながら、蒼萃軍の包囲をすりぬけてゆく。

「敵ながら、見事ですな」

さほど悔しくもなさそうに、林宗がひとりごちた。

蒼萃軍と紫豫軍の戦いは、はじまったばかりであり、これは、ほんの挨拶《あいさつ》ていどの衝突にすぎない。

本番は、平林に立てこもる紫豫軍を攻撃するところからだ。

蒼萃軍は攻城器を組み立て、城邑《じょうゆう》への攻撃をはじめた。

平林の城邑は、土を叩《たた》いて固めた壁と、その外側に広がる壕《ごう》とで二重に囲まれていた。

城邑の攻略は、野天で戦うか、壕を埋め壁に穴をあけるか門を開けるかして、城邑内に攻めこむかの二通りある。

城攻めがあるとわかれば、防衛する側は、事前に壕の外側に落とし穴を掘り、柵《さく》をたてるなりして、敵軍の到着を少しでも遅らせる。

それらの小さな罠《わな》を排除——穴は埋め、柵は倒す——して、攻撃側は前に進むのだ。もちろん、その間、城壁から弓矢や弩による攻撃がある。

それら飛び道具による攻撃は、金属で覆った木製の屋根をつけた車で防御する。

しかし、城壁に近づけば、油の入った壺《つぼ》を投げつけられ、そこに火矢を打ちこまれると、最悪、焼死する者も出る。

だから、こういった作業の際、通常の蒼萃軍では王族の男子が雨を降らせ、火矢が使えないようにする。

しかし、晨生は雨を降らすことができない。

すまない。本当に、すまない。

心の中で兵に謝りつつ、晨生はそれらの作業を正面から見据え続けた。

もちろん、妨害はそれだけではなく、例の騎兵隊が城からやってきて、壕を埋め、壁に穴を穿《うが》つ蒼萃軍に切りこんでくる。

むろん、蒼萃側も工作隊に歩兵や騎兵をつけている。

すぐに林宗も対処するので被害は軽いが、やすりで身を削られるように、蒼萃軍の兵力が減ってゆく。日に日に被害が増えて、千に近い数の兵が、戦地に斃れた。

また、林宗は遠く離れた地点から城内へいたる隧道《ずいどう》（トンネル）を掘るよう指示した。

しかし、まるで、どこに通じるかわかっているかのように、紫豫軍が隧道にいたる穴を掘り、開口部から大量の水を流しこんだ。

隧道は水で満たされ、通路として使えなくなってしまう。

このように、紫豫軍は、守りが堅く、城攻めは膠着《こうちゃく》状態に入った。

元々、城というのは何ヶ月もの時間をかけて攻略するものではあるが、隧道を水没されたことが、蒼萃軍の士気をいっきに低めた。

この頃、林宗が捕縛した紫豫兵より、騎兵隊の隊長が淑冬霜だと聞き出した。

すぐに林宗が晨生に報告する。

「……そうか。杜のいった通り、かなり手強《てごわ》い相手だったか」

「そうですね。しかし、気になることがあります」

「気になることとは？　林宗、教えてはくれないか」

「まず、緒戦。淑を紫豫軍は助けませんでした。そして、今も戦いには淑の隊ばかりが出撃してきます。……これではまるで、紫豫軍が淑をただ便利な什器《じゅうき》として扱っているようではありませんか？」

林宗の指摘に、晨生が深くうなずいた。

「淑の隊は、精鋭。温存して、ここぞという時に投入すべきだ。私ならばそうする」

林宗は、この北伐軍に自家の兵を連れてきていた。数は二百と少ないが、蒼萃軍の中で一番の強兵である。この強兵を、林宗は晨生の護衛にしていた。

いざという時のために温存しているのだが、同時に、林宗が晨生の身の安全を重要視していることの顕《あらわ》れでもある。

林宗の厚意をありがたく思いながらも、晨生は遠目に見た冬霜を思い出していた。

混戦の中、冬霜は勇ましく戟をふるい、蒼萃兵をなぎ倒していた。その武勇に畏れを抱きながらも、どこか憐れみを覚えたのも確かだった。

本来、大切に扱われるべき宝玉が、日常の場で鋤《すき》や鍬《くわ》のように使われている。

宝玉には、瑕《きず》がつくだろう。ひびも入るだろう。最後には、壊れてしまうのではないか。

そんなふうに心配さえしてしまうのは、什器として扱われながらも、懸命に紫豫に尽くす冬霜の姿に、晨生は同情と、そして共感を覚えはじめていたからだ。

冬霜の健気《けなげ》さにうたれていたのは晨生だけではなく、林宗もまた同じように感じているらしかった。快男児の林宗にしては、複雑な表情をしている。

「晨生様、私も同じように思います。淑は、あのようにもちいるべきではありません」

冬霜が気に入らないとしても、それを戦場で表現するのは紫豫の師将の資質が劣悪である。そう林宗は言外に述べていた。

「淑のことはもういい。それより、少しでも早く敵を上陽郡から追い出さなければ。林宗、なにかよい方策はないだろうか？」

「さて……。相手は籠城《ろうじょう》して春まですごすつもりのようです。糧食は十分とのことですし早く開城させたければ、野天で決する以外にありません。師将の蘇《そ》が兵を出す気になるか、紫豫軍を挑発して鬱憤をためさせ、こちらを攻撃するように仕向けるか。……いずれにせよ、相手次第です」

「そうか………あ」

どうやって師将の蘇を出撃する気にさせるかを考えているうちに、晨生によい考えが閃《ひらめ》いた。

いや、しかし……これは……。

逡巡《しゅんじゅん》したのは、一瞬だった。

なぜか、冬霜の勇姿が浮かび、晨生に負けたくないという想いが湧いていた。

正確には、軍の深奥に守られている自分が、冬霜の軽蔑《けいべつ》にあたる存在だと思ってしまったのだ。冬霜に臆病な公子と思われたくない。その一心が、晨生に口を開かせた。

「林宗。蘇をおびき出すための餌《えさ》に、私を使えないだろうか？」

「……いったい、なにをおっしゃりたいのですか？」

晨生の意図を察したか、厳しい顔で林宗が尋ね返す。

「明日は私を前軍に編入してくれ。紫豫の者は、個の武勇を尊ぶというし、名誉欲も強い。蒼萃の公子の首級をあげられる機会が目の前にあって、それをみすみす看過するとも思えない。明日、出てこなければあさってでも、しあさってでも……。いや、紫豫軍が出てくるまで私は前線に立ち続けよう」

蘇がいくら城に閉じこもると主張しようとも、幕僚らが攻撃を主張すれば——その声は、日増しに強まるはずだ——、いずれ討って出ざるをえなくなる。

堅く決意した晨生を見て、林宗が小さく息を吐いた。

「引く気はないようですね。……では、私がおそば近くにいることをお許しください」

「もちろんだ」

「戦場では、私の指示に従っていただきますが、よろしいですかな？」

「あぁ。突撃せよといわれれば、突撃もしよう」

気負った晨生に、林宗が厳しい顔で首を左右に振った。

「いいえ。そうではありません。引くべき時に引いていただきたいのです。戦場では、時に、進むより退く方が難しく、勇気が必要なことがございます」

「…………わかった」

渋々とだが晨生がうなずくと、林宗が笑顔になった。

「その言葉、決してお忘れなきよう。この林宗、心からの願いでございます。……では、晨生様が出陣なさることを前提に、明日の策を練りましょう」

晨生の帷幄に幕僚が招集された。

自ら囮《おとり》になると申し出た晨生に、将らは畏敬《いけい》のまなざしを向ける。

晨生は、いよいよ明日は醜態を見せられないと、気構えを新たにした。

「横長の陣をしきましょう。晨生様には、紫豫軍をおびき出す囮となっていただきますが、さすがに最前列に置くことはできません。しかし、相手が無茶をすれば晨生様に近づける……というていどには、前方にいていただきます」

林宗の案は、横長にしいた陣の中央、やや右翼よりに晨生を置き、その後ろに、いつでも晨生を助けに行ける一隊を配置する、というものだ。

「ならば、淑はどうしますか？　あの猛攻は脅威です。万が一があるかもしれません」

宋が疑念を述べると、工作隊をまとめる陸《りく》が口を開いた。

「各隊から精鋭を集め、新たに旅軍を編成し、淑にあてるというのはいかがでしょうか」

旅軍というのは、軍隊の単位で、おおよそ二百五十人にあたる。

陸の言葉に林宗が深くうなずいた。直ちに各隊から精鋭の選抜がはじまる。

冬霜が城に残れば、その兵を遊軍とし、必要に応じて戦場に投入することも決められた。

「戦は変化するものです。同じ場所であっても、天候や風向きで状況は違います。それだけに、応変の才が必要となります」

戦術についての知識に乏しい晨生に、そう林宗が説明をする。

いずれ必要なくなる知識ではあるが、晨生は素直に受け入れた。

翌日になり、夜明けを待たずに、林宗は城邑に向かって横長に布陣した。

普段は前軍の後ろ、蒼萃軍の最深部にいる晨生も、前軍の右翼よりに配置された。

晨生ののる兵車には、蒼萃の国旗が掲げられていた。これは、帥将の居場所を敵味方に示す働きがある。

もちろん、最前線ではなく周囲を林宗の私兵が固め、その前に宋の指揮する一隊がいる。

城壁から弓矢はおろか、弩も届かない場所だ。それでも、蒼萃国旗が前軍にはためくと、誘われるように城門が開き、紫豫軍の将兵が次々と蒼天《そうてん》に出てきた。

慌ただしく隊伍を組み、布陣をしく。が、その動きはいかにも性急だ。功に焦っているのが、晨生にさえわかるほどに。

帥将の蘇に引きずられるように出陣した紫豫軍の中で、整然と隊伍し、進む一隊があった。報告を受けるまでもなく、それが冬霜の部隊だと晨生にはわかる。

冬霜の隊は右翼、晨生から見て左側に移動した。それを見てとった林宗が、背後に隠した精鋭のみを集めた旅軍に合図を送る。

やがて、太陽が昇り、晩秋の凍りつくような空気を温めていった。

白い息を吐きながら、晨生はここまでの流れが、昨晩、林宗がいった通りのことに驚いていた。

両軍はしばし睨《にら》みあい、そしてじりじりと兵気が、緊張が、高まっていった。

緊張だけではない。兵卒の死に対する恐怖や、紫豫軍の将兵の晨生を倒すという欲望の気が、そして蒼萃軍の上陽郡をとり返すという士気もまた、かわるがわる呼吸するように膨らんで、そしてしぼんでいる。

まるで、戦場が多頭をもつ一体の怪異のようだ。

そう晨生が心の中でつぶやいた時、紫豫軍の黒旗が翻り、それを合図に矢が放たれた。

空が幾千もの矢で埋め尽くされ、まるで覆いのようであった。すかさず兵が盾を構え、矢の雨から晨生を庇《かば》う。

それ以降、晨生はまるで夢の中にいるようであった。

太鼓が打ち鳴らされ、紫豫軍の兵が駆けてくる。

中央にいて指揮をとる林宗は、敵を十分に引きよせてから、攻撃開始の太鼓を打ち、まずは弩で出迎えた。

冬霜ほどではなくとも、紫豫軍の突撃は激しいものだった。

元々、紫豫は騎馬民族が定住化して興った国である。伝統的に、騎兵が強い。

が、紫豫が国境を接する蒼萃や珀栄《はくえい》に領地を広げているかといえば、そうでもない。

戦において粘り強さや臨機応変の才にかけること、勢いは最初だけで、攻撃がじょじょに尻《しり》つぼみになってゆくという弱点があるからだ。

「紫豫は最初の攻撃さえ耐えれば、あとは崩れる。なんとしても耐えろ！」

林宗が兵を鼓舞し、太鼓を打ち鳴らす。盾と矛で武装した歩兵は押されながらも必死で騎兵の攻撃に耐えている。

蒼萃軍が耐えるうちに、ふいに、紫豫の攻撃から気迫が消えた。

その状況を待ち望んでいた林宗が、すばやく旗をあげた。

戦場は広いため、命令の伝達には旗を使う。この旗の意味するところは、敵の帥将を囲め、である。

気がつけば、混戦の中、紫豫の帥将・蘇は晨生から目視できる距離まで近づいていた。

そこに、後軍に控えていた一隊が左回りに旋回し、蘇の隊を囲むように動き出した。

冬霜の隊は蘇の隊とは逆方向にいたが、すばやく師将の危険を見てとったか、自隊を動かそうとした。

しかし、それを精鋭部隊が阻んだ。戦いの中、敵に背を向けることは自殺行為のため、あらかじめ冬霜がどの方向に動くか、精鋭部隊の隊長が予想できたのが大きい。

個の武勇は、それが他と連係していなければ、あまり意味がない。

奮戦が一時的に周囲の士気を鼓舞することはあっても、しょせん、局地的な勝利であり、大局に影響することは、極めて稀だ。

冬霜は、全体をよく見ている。判断も早く動きも迅速だな。だからこそ、惜しいのだが。

晨生は冬霜の隊を足止めする精鋭部隊を頼もしく思いつつも、そんなことを考えた。

やや遅れて蘇を助けに向かう紫豫の隊もあった。それは、弩の一斉掃射によって動きを封じた。

隊の横腹を箭《せん》に射貫かれて、紫豫兵がばたばたと地に斃れてゆく。

彼らにも、故郷に帰れば父母や妻子、そして兄弟や恋人がいるのだろう。

異国の地で死にゆく兵に晨生は憐れみを覚えた。しかし、すぐに彼らは上陽郡を略奪し、罪もない人々を殺し、女を犯し、食糧を奪った者たちでもあると思い出した。

因果応報……。

そもそも、紫豫王が、威豪の崩御につけこみ、軍を進めなければ、彼らは異国の地に斃れることはなかった。

つまり、自分の欲望を先行させ、誰が実際に苦しむかを考えなかった紫豫国王が、元凶なのだ。そう、晨生は結論を出した。

もし、僕が国王ならば……そんなことは、絶対にしない。

地に斃れた者の中には、蒼萃兵もいる。彼らは、守るために戦い、そして斃れた。

悲しみは、こちらの方が深い。やるせなさが募るばかりだ。

「彼らの死を無駄にするわけには、いかない」

そう晨生がつぶやいた時、蒼萃軍が蘇の包囲に成功した。

紫豫国旗が倒れ、地上から姿を消す。

それを合図に、一斉に紫豫兵が城に向かって逃げ出した。

「追え！　ひとりも逃すな。二度と我らに立ち向かう気がなくなるほどに、叩いて、叩いて、叩きのめせ！」

晨生が絶妙の間あいで兵車で叫ぶ。

父の死を汚され、悲しみを振り払って戦地に赴き、そしてなんら罪もなく殺された兵に対する申し訳なさとやるせなさが渾然《こんぜん》となった、気迫の声であった。

林宗はその声に驚いたように晨生を見つめ、そして、掃討戦に移ったことを示す旗を揚げ、突撃を命ずる太鼓を激しく打ち鳴らした。

晨生の感情が伝染したように、蒼萃兵が紫豫兵に襲いかかった。邑門に向かって敗走する兵らに弩で箭を放ち、騎兵は馬で追いながら、弓で矢を放つ。

冬霜の隊は、邑門へ行くことなく、濁流のような兵の集団の中で踏みとどまっていた。

紫豫兵を追う蒼萃兵を弓矢で牽制しつつ、少しずつ退却している。

逃げ遅れた兵をわずかでも助けようとする献身的な姿に、晨生が心打たれた。

「……もういいだろう。林宗。兵を引かせよう。十分に彼らは報いを受けた」

早朝からはじまった戦いは、中天を過ぎた頃に終わりを告げた。

紫豫兵の最後の一兵――殿軍を自ら務めた冬霜の隊だ――が門に消えると、戦場はおびただしい数の死傷者で埋め尽くされていた。

蒼萃の兵が、まず自軍の死傷者を運んだ。

そして、紫豫軍の兵で息のある者は捕虜として捕らえる。

「林宗、紫豫に伝令を出してほしい。四刻（約一時間半）後に、我らは戦場を離れる。一日の間休戦をし、その間に死者を邑内に運ぶといい、と。もし、彼らが休戦を呑《の》んだ後に、夜襲をかけてきたら、こちらにいる捕虜を見せしめに殺す、とも伝えてくれ」

晨生は、寛恕《かんじょ》を示しつつ、約定を違《たが》えることを許さないと紫豫に警告した。

林宗は、晨生の指示に満足そうにうなずいた。

そのふたりの頭上を、一羽の鴉が舞っていた。

くるり、くるりと宙に円を描くと、晨生の兵車を引く馬の尻に降り立つ。

鴉は小首を傾《かし》げて晨生を見ると、おじぎをするように頭をさげ、そして空に向かって飛び立った。

「……奇妙な鴉でございましたな」

兵車の御者が、薄気味悪そうにつぶやいた。

「そうだな。……だが、嫌な感じはしなかった。もしかして、あれは淑が飼っている鴉かもしれない」

嫌な感じはしないという晨生を、御者はうろんげに見つめた。

同意できかねる、と、全身で示している。晨生は苦笑で応じ、空を見あげる。

ゆるやかに西に傾く太陽の下、先ほどの鴉が平林の郭内へと向かって飛んでいた。


その日の晩、林宗らとともに今後の打ちあわせをしていた晨生のもとに、紫豫軍から使者が来たというしらせが入った。

「その使者ですが、なんと……あの、淑です」

淑の名を知らぬ者は、蒼萃軍の中にいない。伝令の兵が、困惑しきった顔をしていた。

「わかった。私が会おう。すぐここへ連れてきてくれ」

晨生が答えると、すぐに伝令が帷幕を出て、冬霜をともなって戻ってきた。

冬霜は、紫豫の軍装に身を包んではいたが、佩刀《はいとう》はしておらず、丸腰であった。白く輝く長い髪をひとつにまとめ、背中にたらしている。目は吸いこまれそうな青だ。並の女人より白い肌をしているが、柔和な印象はない。

「はじめまして」

初めて会う冬霜を、晨生はにこやかに出迎えた。

冬霜は、敵陣の真ん中に来たことで緊張しているのか、やや強《こわ》ばった顔でうなずき返すと、その場にひざまずいた。

「蒼萃軍の帥将におかれては、我が軍にご寛恕をお示しくださいましたことに、深謝いたします」

「礼をいわれるには及びません。人として、当然のことをしたまでです」

そう答礼しながらも、晨生は初めて聞く冬霜の声に感動していた。

高からず、低からず。落ち着いている。猛将にもかかわらず、声に威圧的なところがないのが、また、いいな。

声そのものや、喋《しゃべ》り方に、人格が出る。冬霜の声は、晨生の耳に心地良く響いた。

紫豫に対しては悪印象しかなくとも、晨生は冬霜に好感を抱いている。

その上、今日の戦で冬霜は、自ら殿軍を引き受けたのだ。戦では、敗戦時の殿軍が一番難しく、また被害も多い。

味方のために、犠牲を買って出た冬霜の行いに、晨生の想いは敬意にまで昇華している。

それは、林宗をはじめとした、他の蒼萃軍の将も同じだった。

僕も、武人であったなら、彼のようにありたいものだ。

そう心の中でつぶやきながら、晨生が冬霜に立ちあがるようにうながす。

しかし、冬霜は地に膝をついたまま、懐から書状をとり出した。

「こちらを」

さし出された書状を、晨生が検《あらた》める。一読して晨生が眉根《まゆね》をよせた。

「……前軍の将軍からですね。捕虜交換を、ということですが……」

前軍の将軍というのは、帥将の次に地位が高い。つまり、現在の紫豫軍の総司令官は前軍の将軍である。

突然の申し出に晨生が困惑していると、冬霜が口を開いた。

「はい。捕縛された蘇将軍のかわりに、この私を捕虜としてください。……そのために、私は、紫豫国王から王子として認められ、公子となりました。蒼萃にとっても、捕虜の身分が高くなるわけですから損はなく、ご納得いただけるのではないかと」

ひざまずいたまま顔をあげ、淡々と冬霜が語る。

戦場で便利に使われた挙句に、捕虜としてさし出された冬霜の心情を慮り、晨生が絶句した。

さすがにこれは、酷《ひど》すぎるではないか。

紫豫のやり方に憤慨しつつ、晨生は膝を折り、冬霜に手をさし伸べる。

「あなたが公子となったのならば、私と立場はかわりません。腰をあげてください」

晨生の温かな言葉に、冬霜が——晨生の手はとらずに——立ちあがった。

毅然《きぜん》とした表情のまま、まっすぐに晨生を見返した。

「お返事を、いただけますでしょうか？」

「今すぐに、とは参りません。撤退の条件など、諸将とはかったのちとなります」

「結構です。それまでここで待たせていただきたい」

「あなたが、かまわないのなら。……蘇将軍のかわりになるのならば、一度、陣に戻られた方がいいのでは？」

蘇を捕虜にしてから、半日しかすぎていない。

配下の兵らとの別れも十分ではないだろう。そう考えた晨生の言葉に、冬霜が首を左右に振った。

「二度と陣に戻るな、と命じられています」

「………」

あまりにもむごい命令に、晨生が再び眉をひそめた。

それは、他の者も同じようで、壊れた什器をうち捨てるような紫豫のやり方に、不快感を覚えたようだった。

「わかりました。では、あなたを今から私の客とします。監視をつけますから不快なこともあるでしょうが、なるべく不自由なくすごせるようとりはからいます」

冬霜が、軽く目を見開いた。

「……………ご厚情、痛み入ります。驚きました。……私は、さんざん蒼萃軍を苦しめた。それなのに、このような寛大な措置をしていただけるとは」

「戦ですから。あなたは、あなたのなすべきことをしただけです」

晨生は、諸悪の根源が紫豫国王——冬霜の父親——だと思っている。

そして、捕虜交換のための箔《はく》づけとして、今になって公子の地位を冬霜に与える紫豫軍の首脳のやり口もまた、気に入らなかった。

公子となれば、領地や宮が与えられるものだ。けれども、冬霜にそれらは決して与えられないであろう。

つまり、名と責任と義務だけが与えられ、実に当たる部分はとりあげられるのだ。

あまりにも、憐れだ。異界人との混血というだけで、これほどまでに、淑はないがしろにされてしまうとは。

晨生の胸に、冬霜に対しての庇護《ひご》欲のようなものが、その時、生まれた。

個の武勇が関係のない場所において、冬霜を守り、庇いたい。そんなふうに思った。

晨生は、冬霜の帷幄を作るよう命じる従卒の少年を走らせた。

「……帷幄まで、ご案内します」

用意が整い、従卒が緊張した声で冬霜を誘う。

「迷惑をかけるな」

ふっと冬霜が微笑《ほほえ》んだ。こどもに向ける柔らかく労《いたわ》りに満ちた声を聞き、晨生の胸がちりりと痛む。

……どうしてしまったんだ、僕は。あんなこどもを、羨《うらや》ましいと思うだなんて。確かに僕は、淑に憧れているが、さすがに度がすぎている。

今まで、誰にも抱いたことのない感情に、晨生はとらわれていた。

帷幕から出ていこうとする冬霜に、晨生が声をかける。

「あなたは、いつも鴉を連れていると聞きましたが……。鴉はどうしましたか？」

「放しました。……鴉を連れて捕虜になるわけには、いきませんので」

「そうですね。しかし……」

それは寂しいことでしょう、といいかけて、晨生は口をつぐんだ。

冬霜が清々したとでもいいたげな、すっきりした顔をしていたからだ。

まるで、ようやく重荷をおろせると、安堵《あんど》したような表情だ。

……なんとも、かわった……いや、不思議な人だ。

それが、晨生の冬霜に対する第一印象であった。

合議の結果、蒼萃軍は捕虜交換を承諾することにした。

ただし、いくつかの条件をつけて。

ひとつは、紫豫軍が捕らえている蒼萃の民と、蒼萃軍が捕虜とした蘇以外の兵とを交換すること。

これは、平林の邑と蒼萃軍の野営地の中間地点で行われた。

次に、占拠した上陽郡で強奪した財産の返却と、すでに使った物に対する保障として金を支払うこと。

最後に、蘇の解放は、紫豫軍が国境から三舎（舎は、軍が一日で進む距離）離れたことを確認した後とすること。

蒼萃側の要求を、紫豫は呑むこととなった。それも当然だ。

紫豫軍の死者は、占領軍の一割以上にのぼった。負傷者を単純にその三倍として、兵力は約半数になっていたからだ。

奇《く》しくも、晨生が戦場で叫んだ「二度と我らに立ち向かう気がなくなるほどに、叩け」という言葉通りになったのである。

ほとんどの戦後処理が終わると、晨生は一足先に国都・青瑛に帰還することになった。

林宗らは、戍兵《じゅへい》（国境を守る兵隊）の強化のために、もうしばらく上陽郡に残ることになっている。

「国王の葬儀には、私も参列いたします。また、国都でお会いいたしましょう」

爽《さわ》やかな笑顔で林宗が晨生に別れを告げた。

晨生ら一行は、車と騎兵で編成したため、行きに比べて三倍の早さで進んだ。もちろん、紫豫から受けとった財物と捕虜となった冬霜も同行している。

冬霜は、たったひとり、端然と車に座していた。

青瑛へ冬霜が虜囚として移送されることが決まると、城攻めの際に捕虜となった冬霜の配下が同行を願い出た。

たまたま冬霜の帷幄に向かった晨生は、ふたりの会話を立ち聞きしてしまった。

「……父の葬儀をあげられたのも、母の病が治ったのも、すべて隊長のおかげです。隊長には、返しきれない恩があります。どうか、俺を連れていってください」

二十歳《はたち》をすぎたばかりの、やや幼さの残る紫豫兵が、そう冬霜に懇願していた。

しかし、冬霜は黙って首を左右に振った。

「なにも、死に急ぐことはあるまい。おまえには、母や兄弟姉妹がいるのだ。故郷に帰って、家族に無事な姿を見せなければ」

「隊長……」

家族のことをいわれた兵が、くしゃりと顔を歪《ゆが》める。身内への愛と、隊長への恩義がせめぎあっている。そんな表情であった。

蒼萃兵に連れられて帷幄を出る紫豫兵を呼びとめ、晨生が事情を聞いた。

「淑殿が、そなたの父の葬儀をあげさせ、母の病を治したとは、どういうことだ？」

「そのままの意味です。父が亡くなった時、俺の家は貧乏で、まともな葬式もあげられそうになかった。けれども、淑隊長が、金をくれて……。母もそうです。医師を手配して、治療の費えも肩がわりしてくれました。俺だけではありません。みんな、そうやって隊長の世話になってきたんです」

涙ぐみながらの説明を聞いて、晨生はどうして冬霜の配下の兵が、あれほどまでに強いのか、その理由がわかった気がした。

慈しまれて、愛さない者はいない。冬霜のことを慕っていたからこそ、彼らは嬉々《きき》として冬霜の采配《さいはい》に従い、勇敢に戦ったのだ。

少しでも、冬霜のためになりたい、その一心で。

「そうか……。わかった。淑殿の身柄は、私が預かることになっている。青瑛に行っても、淑殿が不便のないよう、心を尽くしてもてなさせてもらう」

「……あなたは？」

紫豫兵が晨生にうろんげな目を向ける。

「蒼萃国が公子、檠晨生」

「…………っ！」

晨生が公子とわかった兵が、その場に棒立ちになった。

「そなたらの淑殿を想う気持ちは、私が受けとった。私を信じて、淑殿を任せてくれ」

紫豫兵が、呆然と晨生を見返した。晨生は、紫豫兵に笑顔を返すと、帷幄に入る。

冬霜は晨生の姿を見ると、その場に跪拝《きはい》した。身分の低い者が、高い者に対してする礼である。

「やめてください。経緯はどうあれ、あなたは公子なのです。私たちは対等だ。いえ、私は淑殿の友になりたいと思っているのです」

懸命な説得に、冬霜は不思議そうな顔で晨生を見やった。

「……友？　私と、槃殿が？」

「はい。青瑛に戻りましたら、藍宝城の客舎（客のための宿泊施設）ではなく、私の宮に滞在していただくつもりです。淑殿さえ、お嫌でなければ」

熱のこもった声に、冬霜が小首を傾け、瞬《まばた》きした。

「あぁ………あなたは、知らないのですか」

「なにをですか？」

晨生の問いに、冬霜は答えない。

「ならば、私とあまり親しくならない方がいい。槃殿のためにも、それがよいことだ」

先ほど、紫豫兵に向けて発したような、優しい声で冬霜が語りかける。

声こそは柔らかかったが、冬霜の瞳には有無をいわせぬ力が宿っていた。

冬霜が善意で——心から晨生を案じて——いっているのは、晨生にも伝わってくる。

とはいえ、「わかりました」と答えるのは業腹で、晨生は話題をかえた。

「……失礼とは思いましたが、先ほどの兵との話を聞いてしまいました。淑殿は、ずいぶんと配下の兵をかわいがられていたのですね」

「かわいがる……。あぁ、葬儀や医師のことですか。違います。私の手元に金があったから、部下へ与えただけのことです」

なんとか話の糸口を摑《つか》み、冬霜との距離を縮めようとした晨生だったが、冬霜の反応も答えも、予想と違っていた。

冬霜はものうげに、そしてとるに足りないことのように語る。

部下に対する愛情や、人道的な模範回答を予想していた晨生は、困惑してしまう。

「それはいったい……どういうことですか?」

「辺塞の隊長というのは、関の責任者でもある。黙っていても関を通過する商人から賄賂《わいろ》が届く。本来、もらう筋のものではないが、かといって受けとらずにいれば、それはそれで波風が立つ。周囲とうまくやれなければ、辺塞の都尉令など、務まりません」

「……なるほど」

淑殿は、清濁併せ呑むことができる人間なのだな。

冬霜が賄賂をもらっていたことに、晨生は少々幻滅したが、すぐにそう考え直した。

「そうであっても、部下に金銭をわけ与えるのは、立派な行為でしょう。独り占めすることもできたのですから」

「檠殿、人は、どうして生きるのに必要な分以上に金を貯めるのだと思いますか？」

「え……？」

急に抽象的な問いをふられ、晨生が言葉につまる。

冬霜は、晨生の答えを待たずに、語りはじめる。

「人に特有の欲もあろうが、私は、自分の身を守るためか、妻子——家族——のためだと思っています。私は、あまり自分の身を守りたいとは思わないし、妻を娶るつもりもない。ならば、周囲にわけてしまえばいい。それが、この世の理《ことわり》です」

「この世の……理？」

「そうです。李《すもも》の木が、たわわに実った果実を、鳥や動物にわけ与えるように。私は、それに倣っているだけです」

そういうと、冬霜は喋りすぎたとでもいうように、唇を引き結んだ。

晨生はといえば、無為を説く学者のような冬霜の言葉に、すっかり面食らっていた。

あぁ、本当に淑殿は、興味深い人だ。知れば知るほど、もっと親しくなりたいと、そればかりを想ってしまう。

けれども、その願いを裏切るように、冬霜は晨生と距離をとりはじめた。

晨生の訪れも体調が優れないといって早々に帰そうとする。

なにより、目に見えない壁が冬霜の周囲に張りめぐらされていて、うかつに声もかけられない雰囲気であった。

そして、晨生が冬霜に声すらかけられないうちに、一行は青瑛に到着した。

青瑛は見あげるほどの高さの城壁に囲まれた、夏華最大の都市である。

人口が増えるごとに拡大していった都市で、外壁の内部は、かつての城壁が内壁として残り、複雑な構造となっている。

その青瑛の正門——中央の彩雲門《さいうんもん》——は、国王にのみ開かれる。

たとえ公子や三公と呼ばれる最高位の官人であろうとも、使用は許されない。官人は正門の東隣に位置する松柏門《しょうはくもん》を使う決まりだ。

松柏門の前では、太常からの使者が晨生らの到着を待っていた。

「恐れ入りますが、公子におかれましては、宮には戻らず、捕虜を連れてこのまま藍宝城へおいでになりますよう、との太常からの伝言がございます」

「わかった。では、このまま復命しよう」

晨生は、王城に参内するのであれば、一度永楽宮に行き、身を清め衣服を整えてからと考えていた。

淑殿にも、我が宮で旅の垢《あか》を落として、ゆっくりしてもらいたかったのだが。

晨生の永楽宮は、亡き王太后の差配で建てたものだ。

恵昭は力を失った晨生を憐れみ、のちの苦労がないようにと、贅《ぜい》を凝らした宮を孫のために造営したのである。

香草が植えられ、いい匂《にお》いのする中庭。色とりどりの大理石で模様を描いた浴室、後庭には楼台があり、青瑛を一望できる。

そうだ。淑殿には、房ではなく室を使ってもらおう。いずれ妻を迎えた時のために用意していたものだが、使う人もいないし、ちょうどいい。

夏華において、家屋は中央に堂を置く。堂は、中庭に面した部分に壁のない、広く開放された部屋のことだ。当然、四方が壁で囲まれた部屋もある。

そのうち堂の両脇《りょうわき》に並ぶのが房、堂の背面に位置する部屋を室という。

室というのは、その家の主《あるじ》とその家族のための部屋だ。客人を泊める場合、通常は房を使う。

冬霜に室を用意しようと決めたのは、あなたを家族同然に思っています、という、晨生からの控えめな厚意の表現であった。

太常の指示に従い、晨生たちは藍宝城へ向かった。

城に到着すると、晨生は太常のもとへ、冬霜は別の場所へと案内された。

「太常にお目にかかる前に、湯浴みをし、身を清めてください」

下級官吏が晨生を禊《みそぎ》のための浴室に案内した。

晨生が身を清めると、白絹の内衣に濃紺の裳《も》、そして濃紺の袍という、公子の正装に着がえさせられた。

衣装は金糸の刺繍がふんだんにほどこされた豪勢なもので、それに、玉製の魔除《まよ》けがこしらえにはめこまれた長剣――いや、宝剣か――を、渡された。

「……復命をするだけというのに、剣を佩《は》くとは、物騒ではないか？」

官吏に尋ねるが、「儀式に必要な物ですので」という答えが返ってきた。

すでに季節は初冬に入っており、日が落ちるのも早い。晨生が支度を終える頃には、藍宝城はすっかり薄闇に覆われていた。

手燭《てしょく》をもった官吏の先導で、晨生は宮殿の中の最奥部――太廟――に連れていかれた。

太廟は、基本的に太常府の役人か、国王、王后、王太子以外入ることはない。

晨生もここが太廟だということは知っていたが、中に入るのは初めてであった。

「私が入ってもいいのだろうか？」

「戦地に赴いた王族は、こちらで復命の儀を行うことになっています」

官吏の説明に、晨生がうなずいた。

太廟は二階建ての建物で、上階に祖霊が祀られている。しかし、晨生が向かったのは、地下であった。

建物の中は、珀栄国より遙か西方の異国から伝わる、白檀《びゃくだん》の匂いが濃厚に漂っていた。

しかし、地下へ向かう階段をおりてゆくうちにそれは薄まり、かわって丁字をはじめ、幾種類かの原料を配合した香にかわってゆく。

芳香の中、晨生はかすかに異臭を感じた。

嗅《か》ぎなれた臭《にお》いのような気がしたが、正体は、わからない。

地階は、地面がむき出しになっていて、思ったより温かく、静かだった。

儀式のためにか、地面は掃き清められており、壁際にいくつもの松明がおかれていて、地中であっても動きに支障がないていどには明るい。

中央には、台形に盛りあげた土を叩き固めた台があった。そこに、すっと伸びた木が一本立っている。

土の台の前には机《き》があり、米や酒などの供物がのっていた。机の前には、竹製の座があり、そこで太常府の官吏が祝詞《のりと》をあげるのであろうと晨生は推察した。

「これは……？」

「社（土地神を祀る祭壇）です。私はこれで失礼いたします」

そういって官吏が立ち去り、後には晨生ひとりが残される。

晨生がぐるりと周囲を見渡し、ひと呼吸したところで、かすかに沓音《くつおと》がした。

「お待たせしました」

手燭を手に、やってきたのは太常の馮文通《ふうぶんとう》だ。

文通は五十代半ばの男で、祭祀の長という職掌《しょくしょう》のためか、どこか浮き世ばなれした雰囲気の持ち主であった。

そして、その文通の背後に、冬霜がいた。

赭衣という赤土で染めた罪人用の衣を着た冬霜を見て、晨生が目を見開く。

「太常、私の客になんという物を着せたのだ！」

「……お静かに。これは、蒼萃国の初代国王が定めたことです」

「初代国王……昊昭王が？」

「昊昭王が、建国の際、この国の土地神に誓ったのです。この地を血で汚した他国の者を、供物として捧げる、と。そのかわりに土地神は、蒼萃の繁栄を約束しました」

晨生の知らない、王家の伝承だ。

夏華も遠い昔は、神への供物として人を捧げていた。しかし、今の世に人を供物に捧げる国は、もうない。

蒼萃国は、文化が発達し先進的だ、といわれている。なのに、国の中心、国都の王城の地下で、こんな前時代的な儀式が行われていたなんて……！

「待ってくれ。……他国の者を供物にするというが、いったいどのようにするのだ？」

晨生の問いに、馮が晨生の腰に視線を向けた。

太常は、なにを見ている？　ここにあるのは……。

晨生の指先に、剣の柄《つか》が触れた。その瞬間、晨生は、臭いの正体を思い出していた。

戦場でいくども嗅いだ、あの臭い。

臭いの正体は、血液であった。

晨生の脳裏で、地に斃れた兵卒と冬霜の姿が重なる。

「まさか、この剣で彼を……淑殿を、殺せというのか。そんなこと、私には、できない」

そうひとりごちた時、晨生は、なぜ、冬霜が『親しくならない方がいい』と告げたのか、その理由がわかった。

「淑殿、あなたは、自分が供物として捧げられることを、ご存じだったのだな？」

震える声でなされた問いに、冬霜がうなずいた。

「蒼萃国に攻め入った軍が敗れた場合、将以上の者を捕虜として捕らえ、社への供物にする。……そのことは、周囲の国のある程度の地位にある者ならば、みな、知っている。蒼萃国が建国された際、初代国王が他国にそう知らせる使者を出したのだ」

静かな声で、冬霜が晨生に説明した。

「なぜ、開祖はそのようなことを……」

「他国からの侵略を、防ぐためです。高位高官は、兵卒がいくら死んでも意に介さぬが、自分や身内、友や仲間が死ぬのは、骨身にこたえますからな」

太常が答える。

「昊昭王が、王族を戦地に赴かせるよう定めたのも、同じことです。天候を操るためというのは、表向きのこと。戦の現実を王族に見せ、いたずらに他国への戦をしかけないようにする。それが、隠れた目的でございました。まこと、王者のご判断かと思います」

蒼萃国、初代国王は、未来に対して、そこまで考えて手を打ったのだ。自国だけではなく、他国の民にも戦という悲しみが訪れないよう。

確かに、それは、王者の判断かもしれない。だが、どうして淑殿が犠牲にならねばいけないのだ⁉

晨生は下唇を嚙《か》みしめていた。心の中は、理不尽だ、という叫びで充満している。

「わかっただろう、槃殿。私は、いざという時、供物にするために、辺塞から呼ばれたのだ。とうに覚悟はついている。その剣で、私を貫くといい」

冬霜の声は、恐ろしいくらいに平静であった。晨生が、冬霜を凝視する。

「異界人の子として生まれ、私にとってこの世には……苦しみばかりだった。ようやく、それも終わるのだ。終わりをもたらすのが、友になりたいといってくれた槃殿であったことが、私はとても嬉《うれ》しい」

冬霜が微笑みながら、一歩、晨生に近づいた。その足には鞋《わらじ》すらなく、裸足であった。むき出しの白い足が、無性に悲しく晨生の目に映った。

悲しいからこそ、冬霜は死んではいけない。そう強く晨生は想った。

「私は、あなたを殺したくない。あなたにも、死んでほしくない。違う。そうじゃない。あなたは、こんなところで死んでいい人ではない。生きて、幸せになるべきだ」

必死になっていいつのるが、冬霜はかまわず晨生に近づいてくる。

淑殿は、本気で死ぬ気だ。彼が本気になれば、僕から剣を奪い、自害することもできる。そんなことを、させるわけにはいかない。

急いで晨生は柄を握り、剣を抜いた。そして、社に駆けよると、自分の腕に剣を当てた。

「どうしても、淑殿を供物にするというのならば、私は、自分の血を社に捧げる」

晨生は、それがとんでもないことだと本能で理解していた。

これは、呪術《じゅじゅつ》なのだ。敵の血を捧げることで、成立する土地神との契約だ。それに、国を守った自国の公子の血を捧げれば、術は破れる。下手をすれば反転し、蒼萃に衰退を及ぼす呪詛《じゅそ》となることさえもありうる。

晨生は、冬霜を助命するため、蒼萃のすべてを人質にしたのだ。

一歩も引かぬ、という顔をした晨生に、馮の顔色がかわった。

「なんということをおっしゃるのです。そのようなことをすれば……」

「すれば？　どうなるというのだ？　私は本気だ。私を説得するより、淑殿の命を助ける方法を教えるんだ」

晨生が左袖に剣を当てた。ぶ厚い絹の袍を刃で切り裂く。

蒼白《そうはく》となった馮が小さく悲鳴をあげた。

「わかりました。…………男が供物の場合、命を捧げます。敵国の女が供物となった場合は、犯した後、後宮に入れる決まりになっています。淑殿は男でございますが、社前で公子が淑殿を犯せば、供物となったことになる……かも、しれません」

「かも？」

曖昧《あいまい》な答えに、晨生が馮をねめつける。

「確かなことは、いえませぬ。なにせ、今までそのような仕儀になったことがございません。一度では足りぬかもしれませぬ。二度、三度とその身を犯し、穢《けが》せば、土地神も満足するのではないか……としか」

馮が首を左右に振った。本当に、どうなるかわからない、という顔をしている。

「わかった。それで彼が助かるのなら。淑殿にも異存はないはずだ」

冬霜に拒絶されることなど考えもせずに、晨生がいいきった。

馮は、邪霊にとり憑《つ》かれたような晨生に、なにをいっても無駄と悟ったか、深くうなずくのみだった。

「私はいったんこの場を引きますが、公子におかれましては、間違っても早まったことはなされませぬよう。……では、明朝、お迎えにあがります。もし、公子が儀を終えていなければ、おふたかたとも、ここよりお出しすることはできません。その時には……わかっておられますな？」

男を抱くと明言した晨生に、できなければ冬霜を殺すと馮が暗に脅しをかける。

「あぁ。わかっている。粗漏なく儀は執り行う」

「では、明朝には、公子がきちんとことをなされたかどうか、検分させていただきます」

くどいほどに念押しすると、馮が階段をあがっていった。

沓音が遠ざかり、扉の閉まる音がして、ほうと晨生が息を吐き、剣を鞘《さや》に納めた。

やれやれ、と思った瞬間、晨生の全身から力が抜けた。

しかし、ここに至って晨生は、冬霜の許可を一切得ずにいたことに気がついた。

……どうしよう。淑殿が、僕に犯されることを拒絶したら…………。

冬霜は、武人で、しかも勇将なのだ。男に陵辱されるくらいなら、死を選ぶといってもおかしくない。

おそるおそる、晨生が冬霜を見た。冬霜は、複雑なまなざしを晨生に向けていた。

「……すまなかった。淑殿の意向を無視して、ことを進めてしまった」

口ごもりながら晨生が弁明をする。

「淑殿を抱きたかったのではなく、命を助けたかっただけなのだ。けれども、こんなことになってしまって……」

「………俺のことは、冬霜でいい。俺と檠殿は、友になるのだろう?」

挙動不審になりかけた晨生に、冬霜がさらりと返答した。

それだけで、冬霜が晨生の決断に異存はないということが、晨生に伝わる。

「では、冬霜殿。僕のことは晨生と呼んでほしい」

「わかった。晨生殿、だな」

不器用に冬霜が晨生の名を口にした。

しかし、それ以上会話が続かずに、ふたりとも黙ってしまった。

結局、沈黙の帳《とばり》は冬霜によって破られ、行為がはじまった。

しばらくの間、太廟には、松明のはぜる音しかしなかった。しかし、時折、それに晨生の喘ぎ声がまざるようになった。

冬霜は、晨生の股間《こかん》に手を当て、状態を確かめては、晨生の体をなで、そして唇で全身を愛撫《あいぶ》する。

「あ……っ。ん……」

性器の近く、臍《へそ》の周囲を吸われて、晨生は体が熱くなった。

いや、違う。今までにないほど、冬霜の顔が局部に近づき、興奮したのだ。

手指のみならず、口淫《こういん》による快楽を、晨生の体は知っている。

柔らかな肉に舐めあげられ、湿って温かな部位に包まれることを、期待したのだ。

だが……待て。さすがに、冬霜殿が、そんなことをするとは……。

死を覚悟したならば、同性の性器に触れることは、できると思う。しかし、強制されてもいないのに、それを舐めしゃぶることができるとは、晨生は思えなかった。

もし、冬霜がそれをしたならば、それはすなわち、冬霜が男と同衾《どうきん》したことがあるということだ。しかも、同性との行為を好むということにさえなる。

まさか。それは……ないだろう……。

冬霜が戦場で戟をふるう勇姿を思い出し、晨生は即座に否定した。

あの姿と同性との密事《みつじ》がどうしても結びつかず、逆に相反する要素に思えたのだ。

晨生は目を閉じて、すべての意識を冬霜に——そして股間に——向ける。

温かいものが、そこに近づくのを感じ、晨生が息を呑んだ。

ほんのりと温かい手に男根が握られてほっと息をつく。と、次の瞬間、竿《さお》ではなく袋が湿って温かなものに包まれた。

「…………っ！」

まさか、陰嚢《いんのう》を……冬霜殿が……。

驚きのあまり、晨生が目を見開いた。冬霜が自分の股間に顔を埋《うず》め、白い手で男根をしごいている様が瞳に映った。

どう見ても、娼婦のように男のそれを扱い慣れた手つきだった。

「冬霜殿、あなたは……。男性と、その、閨をともにしたことがあるのですか？」

「…………」

晨生の問いに、冬霜は答えなかった。答えるかわりに、玉袋を強く吸いあげ、亀頭を手のひらで愛撫した。

言葉より雄弁な答えだ。その瞬間、晨生の脳裏に、あの捕虜になった紫豫兵に、冬霜が今と同じように愛撫する光景が浮かんだ。

それだけではなく、別の——もっと逞《たくま》しい大柄な男に貫かれ、歓喜に涙を流す冬霜の姿さえ、想像してしまった。

少年時代の幼い冬霜が、二十歳前後の冬霜が、男の愛撫で達する幻覚が、晨生の脳裏に次々と浮かんできた。

「あ……あぁ……っ」

晨生の口から声があがる。それと同時に、下腹部に血が集まっていた。

自分ではない、他の男に抱かれる冬霜の姿を想うだけで、晨生の茎は熱を増し、硬さを増すのだ。

これは妄想だ。僕が勝手に想像しているだけなんだ。

そう自分にいい聞かせる。

それでも、現実よりも、痴態の幻想の方が強く快感を呼び起こす。

怒りに似た熱が興奮を呼び、みるみるうちに晨生の陰茎を屹立《きつりつ》させてゆく。

茎は熱と太さを増し、先端が充血し赤黒く染まった。

「もう、イく……っ」

晨生の声に、冬霜が動きを止めた。その時、冬霜は晨生の茎をそっと手で支え、根元から先端に向かって舌で舐めあげている最中であった。

「では、少し休もう。ここで出しては、元も子もない」

冬霜の言葉に、晨生は冷静になった。

そうだ。僕が、冬霜殿に挿《い》れて……その後、射精せねばならなかった。

晨生が、当初の目的を思い出す。

冬霜は、机の上の手燭を吹き消し、皿に溜《た》まった油を指ですくった。膝立ちになると、迷いなく、油のついた手を股間にやった。

「ん……っ。久しぶりだから……少し、キツイか…………」

ため息のような小さな声を、晨生は聞き逃さなかった。

久しぶりということは、前があったということだ。

捕虜として冬霜が蒼萃軍の陣営にやってきてから、すでに、半月以上がすぎている。久しぶりというには、それは、十分すぎる時間だった。

晨生の脳裏に、紫豫兵の作る輪の中に、裸でいる冬霜が浮かんだ。

新雪のような肌が、清らかで、そして淫《みだ》らであった。

その想像の中、冬霜は背を男の体に預け、乳首を愛撫されていた。膝立ちになる兵の股間に冬霜が顔を寄せ、それを咥《くわ》え、空いた手で別の兵の陰茎を慰めている。

もちろん、冬霜の股間を舐める兵も、尻を犯す兵もいた。

無数の男の手で全身を嬲《なぶ》られながら、冬霜が艶《つや》やかな笑みを浮かべて晨生を見ていた。

ありえない状況を夢想して、晨生の中で、なにかが弾《はじ》けた。

今すぐ冬霜を犯して、快楽を得たいと、渇望する。

「…………っ」

冬の朝、野原一面に綺麗《きれい》に霜がおりている。

足跡がひとつもなければ、最初に足を踏み入れ、その美しい光景を壊すのは、ためらいがある。

しかし、それが数多《あまた》の足跡でぐちゃぐちゃになっていた後ならば、どうだろうか？

自分もそこを歩くのに、躊躇する理由はない。

だから、晨生も冬霜を貫くのに迷いはなかった。

太廟の最奥で、晨生は欲望に支配された。

後孔を馴《な》らす冬霜の手首を握ると、問答無用とばかりに体を地に伏せさせた。

そのまま冬霜の腰を掴み、獣の姿勢をとらせる。

そうして晨生は、ほのかに充血したすぼまりに血走った目を向け、切っ先を当てたのだった。


熱い。熱くて、なにも考えられない。

白い肌が汗にまみれ、白金の髪が乱れて背を覆っていた。

冬霜は後孔をいくども楔で穿たれながら、犯される快感に全身を震わせていた。

「気持ちいい？　感じてる？　僕は、今まで君を抱いた男の中で、何番目くらいに上手い？」

背後から冬霜の体を抱きながら、晨生が掠れた声で囁いた。

注がれた熱に敏感になっていた体は、それだけのことにも感じてしまう。

「一番、だ……。一番、いい。一番、感じる」

体中で暴れる血液に煽《あお》られながら、冬霜は真実を口にした。

冬霜は、十年近く、男に玩弄《がんろう》されていたが、相手はふたりだけだ。

初めての相手は、冬霜が十三歳の頃、辺塞に少年兵として配備された小隊の隊長だった

青年だ。

まだ幼さの残る冬霜の体を、嗜虐《しぎゃく》趣味のある小隊長は手荒く抱き、欲望を吐き出した。

女がいないから、手近な冬霜で済ませたといわんばかりに。

そんな行為が続いたある日のこと、冬霜は、辺塞の都尉令——隊長——に呼ばれ、今度は、都尉令の劣情のはけ口となった。

要は、小隊長に、冬霜は売られたのだ。小隊長は都尉令に冬霜を与えることで、都尉の丞《じょう》（副官）に昇進した。

都尉令は、王の血を引き、半分異界人の冬霜を、物珍しさのためか、大事に扱った。

とはいえ、中年に特有のねっとりとした愛撫で全身を舐め回されるのは、正直、いい気分ではなかった。

乱暴でないだけ、まだ、マシか。いずれ俺にも飽きるだろうし。

そう自分にいい聞かせながら、心を殺して、都尉令の玩具《おもちゃ》であることに耐えた。

しかし、都尉令が——皮肉なことに冬霜が異能を使い、たてた功績により——、紫豫の国都・墨泰《ぼくたい》への栄転が決まった。

その時、冬霜は十九歳で、いくつもたてた功績により隷民の身分を脱し、良民となっていた。

やっと都尉令から逃れられるとわかり、ほっとした冬霜に、かつての小隊長が都尉令となり、再び体の関係を強要してきた。

周囲に実力を認められてきた冬霜であったが、それを断れるはずもない。

それからしばらく、嗜虐性癖のある男に、冬霜はいいようにされた。

縛られ、目隠ししての行為は、普通のことで、鞭打《むちう》ち、短刀で皮膚を薄く切られるようなことさえあった。

たまにやりすぎると、都尉令は貴重な仙薬で冬霜の体を癒《いや》す。

異界人にこんな薬はもったいないと、恩着せがましくいいながら。

そして冬霜は二十二歳となり、爵位もあがり、小隊長となった。

小隊長となれば、別動隊を率いることもある。冬霜は、辺塞でも指折りの遣い手となっていたため、その日も本隊とは別行動で、盗賊の捕縛に参加していた。

冬霜の役割は、本隊の突撃をかいくぐって逃げた盗賊たちを捕らえることだ。

盗賊の隠れ家から逃げ道を予測し、闇に潜んでいた冬霜の耳に、爆音が響いた。

本隊が突入した盗賊の隠れ家には、大量の火薬があった。もう逃げられないと覚悟した盗賊の頭目が、都尉令を道連れにして、我が身もろとも、隠れ家を爆発させたのだ。

冬霜は、自由になった。

それから、冬霜は誰とも性行為をしていない。女ともだ。むしろ、そういった行為に忌避感さえ抱くようになっていた。

新たな都尉令となったのはそれまでの都尉丞だった。彼は女色を好み、冬霜に手は出さなかった。それどころか、冬霜の手腕を認め、都尉丞に地位を引きあげた。

冬霜は、新たな——三人目の——都尉令のため、誠心誠意、心を尽くして働いた。

その結果、二十五歳になった時、都尉令の栄転とともに、後任の都尉令に命じられた。

ずば抜けた探知能力——異能を使ってのものだ——をもち、実力もある冬霜の都尉令就任を、部下らは歓迎した。

だが、二十八歳となった冬霜は、ここにきて晨生に抱かれることとなった。

同性と床をともにするのは、五年ぶりだ。

そして冬霜は、その行為に今までにない快感を覚えていた。

なぜ……どうして？

自分に問いかける。しかし、ぷっくりと膨らんだ乳首を、晨生の手で摘《つま》まれただけで、下腹部に血液が集まった。

深く楔でつながれながら、首筋を甘噛みされると、それだけで達してしまう。

「あ。あぁ……っ」

抑えようもなく、快楽で濡《ぬ》れた声が、冬霜の唇から漏れる。

白濁を吐き出すたびに、後孔で晨生を締めつけた。

「はぁっ。すごいね。冬霜……君のここが僕に絡みついているよ。僕も、こんなにいいのは、初めてかもしれない」

　中で感じる楔が、逞しさを増している。熱くて硬い肉棒が、ぴったりと内壁にはりついて、後孔がいっぱいに広がった。

「あぁ……、あぁ、晨生……」

　伝わる熱を冬霜がもてあまし、席にしかれた袍に爪をたてた。

　射精が終わり虚脱した冬霜の体を、晨生が再び苛《さいな》みはじめる。

　晨生が腰を引くと、内壁が引っ張られ、冬霜の肌が粟立った。

　素早い律動が続いたかと思うと、劣情が勢いよく吐き出されるのを感じた。

「う……あぁ……っ」

「んっ。くっ、……っ」

　男根が脈うち、そして白濁が冬霜の中にたっぷりと注がれる。

　犯され、汚されているにもかかわらず、冬霜の粘膜は喜びに震えた。

「まだ、終わらない。終わりじゃない。これじゃあ、僕も物足りないから」

　そういった晨生の声は、冬霜の知っている晨生の声ではなかった。

　晨生は射精を終えると、尻から性器を抜き出した。

　内ももを白濁と内臓液の混じった流体が伝い、その感触に冬霜の肌がざわめく。

　物足りない。

その言葉が真実であると告げるように、晨生は冬霜の体をあおむけにして、股を大きく開かせた。

また、挿れるのだ。

肉の喜びへの期待に、胸を上下させながら、冬霜が心の中でつぶやいた。

自身も達して間もないというのに、冬霜の股間で陰茎がゆらめきはじめる。

「いやらしいね。……すごく、いやらしい。君は、そんなに僕がほしいの？」

「……あぁ」

満たす物を失い、空っぽになったそこが物欲しげにひくついた。

擦《こす》れて赤味を帯び、精液で汚れた穴に、晨生が先端を押し当てる。

そこに熱を感じただけで、冬霜の喉《のど》が鳴った。

亀頭に襞をこじ開けられて、甘い声が漏れる。

「あぁ……。あぁ……」

先端が入ると、思わず尻に力が入った。陽物を締めあげられて、晨生の動きが止まる。

「そんなふうにしたら、動けないよ」

貪欲《どんよく》な肉体に、晨生はからかい混じりの声をかけると、そのまま上体を倒した。

半開きになった濡れた唇を、晨生の唇がやわやわと挟んだ。

挿入しながらの口吸いに、冬霜の胸がぎゅっと切なくなる。

その反応を引き起こした感情、それを言い表す言葉を、冬霜はもっていなかった。

ただ、かつて教わった通りに、晨生の背中に腕を回した。

肩胛骨《けんこうこつ》をなで、髪をなでると、晨生が気持ちよさげに目を細めた。そして、おもむろに腰を進めて、男根を半ばまで冬霜の中に納める。

晨生は抜きさしはせずに、冬霜の唇を舐め、ついばみ、歯列を舌でなぞった。

「んっ。……っ」

粘膜の接触に、冬霜のうなじがそそけたつ。肌の表面がざわめき、それは冬霜の体と、心を熱くした。

　こんな感覚は、初めてだ……。

晨生は口づけながら、冬霜の股間に手を伸ばした。

「んっ！」

大きな手に陰茎を握られて、冬霜のそこが硬くなる。

あぁ……あぁ、なんて……快感だ。

心の中でつぶやきながら、粘膜が晨生の楔にうねりながら絡みついていた。

「気持ちいい？　僕も、気持ちいいよ」

小さな声で囁くと、晨生が再び冬霜の唇に口づけ、そして唾液《だえき》を注ぎ込んだ。

上の口も、下の口も自分のものだと、印を刻みつけるように。

そして冬霜は、甘い液体を躊躇なく呑みこんだ。それはまるで酒のように冬霜を酔わせ、より深い快感へと誘ったのだった。


冬霜が目覚めた時、そこは、見知らぬ場所であった。

広い部屋、立派な牀《しょう》、方卓や椅子《いす》には揃《そろ》いの模様が刻みこまれ、室内におかれた几帳《きちょう》は絹。壁にかかった掛け軸――これだけで贅沢品だ――には、目にも綾《あや》な絵の具で細密な風景が描かれている。

よく見れば、冬霜がかぶっている夜具も絹地に羽毛の入ったもので、枕《まくら》には玉石が編みこんであった。

「ここは……天上か？」

見たことも触ったこともない豪華な品々に囲まれて、冬霜が呆然とつぶやく。

「天上ではありませんわ。ここは、永楽宮。晨生様のお住まいですわ、紫豫の公子様」

牀にかかった天蓋《てんがい》、薄絹の向こうから、柔らかな声がした。

目を丸くする冬霜の前に、薄紅を基調とした豪華な蒼萃風の衣装をまとった、落ち着いた華やかさをもつ女性が姿を現した。

「いや、ここは、天上だ。あなたのように美しい女性を、俺は見たことがない」

「まあ、お上手ですこと。紫豫の方は野蛮で粗雑と聞いておりましたが、これからは、認識を改めなくてはなりませんね」

鈴を転がすような声でいうと、女性がにっこりと冬霜に微笑みかける。

身のこなしのはしばしに洗練を感じ、冬霜は田舎者の自分が恥ずかしくなった。

「あなたは……。もしや、晨生殿の妻なのですか？」

「いいえ。私は、晨生様のお世話をする女官です」

にこやかに微笑んで冬霜の間違いを正すと、女官は冬霜が目覚めたことを晨生に知らせるといって、出ていった。

ひとり残された冬霜は、晨生の財力、すなわち権力にあらためて驚愕した。

客人に与える房でこの調度……。それなのに、あいつは俺を、友だといってくれたのか。

嬉しさに、冬霜の胸がほわりと温かくなった。

しかし、それは一瞬のことで、すぐに自分が太廟で晨生にいったことや、ふたりで行ったことを思い出し、全身から血の気が引いた。

晨生は、あのように美しい女性に囲まれていたんだ。ならば、これまであいつが抱いた女も紫豫の辺境では見かけもしないような、美女ばかりだろう。

冬霜は、先ほどの女官の豊かな胸と細腰、そして洗練された立ち居ふるまいを思い出す。

どれも、冬霜がもちあわせてはいないものだ。

肌も髪も艶やかで、磨き抜かれていた。爪の先まで綺麗に整えられ、おまけにいい匂いまでしていた……。

それを俺は……。あの時、俺はなんといった？　珍しい肌や髪だからと、これまで男を相手に性交をしていたが、俺は特に美しいわけではないし、しょせんは男の体だ。

あのような女性ばかりを相手にしていた晨生にとっては、物足りないどころの騒ぎではなかったはず。

晨生を満足させられるなど、なんという思いあがり……。今すぐ、消えてしまいたい。

冬霜は下唇を噛み、夜具の中に潜りこんだ。

みっともない姿形をした自分が恥ずかしく、うとましい。そして、無性に悲しかった。

両腕を体に回し、冬霜は自分で自分を抱きしめる。

するとそこへ、白い服――縞素だ――を着た晨生がやってきた。

晨生は穏やかな表情をしていて、冬霜の知っている晨生に戻ったようだった。

「ようやく起きたんだね。冬霜、君は、丸一日以上寝ていたんだよ」

「……迷惑をかけた」

夜具の隙間から晨生をのぞき見しながら、冬霜が答える。

「迷惑じゃないさ。医師がいうには、今までの疲れが出たのだろうということだった。薬ももらったし、しばらく養生するといいよ」

「すまない」

「……冬霜、どうしてさっきから夜具の中にいるんだい？　顔くらい見せてほしいな」

一度肌身を重ねたからか、晨生はくだけた口ぶりで親しげに話しかけてくる。

とはいえ、冬霜は姿を見られたくないので、夜具から顔を出せずにいた。

「その……すまなかった。太廟では、おまえのような立派な公子を相手に、調子にのったふるまいをした。許してほしい」

「調子にのったふるまい？　冬霜、なんのことか、わからないよ」

「だから、その。おまえと……したことだ」

冬霜との行為を思い出したのか、晨生が照れ臭そうにうなずいた。

「もう、二度とあんなことはしない」

俺は、おまえの相手にふさわしくない。出すぎたふるまいを、許してほしい。

その言葉は呑みこんで、冬霜は端的に結論だけを口にする。

「あんなことって……。僕は、君を満足させられなかった？」

ふっと晨生のまとう気配が変わった。太陽に雲がかかり、影がさすように。

「わからない。俺は、あまり……あぁいうことが好きではないから」

冬霜は、嘘《うそ》をついた。

本当は、人生で初めて、感じていた。

物理的な刺激による機械的な射精とは、まったく違う経験をしていたのだ。

けれども、それを口にすることさえ、恥ずかしかった。

泥臭い俺が感じたなんて……、知られるのは、恥の上塗りにしか、ならない。

「好きじゃない……どういうこと？」

晨生が牀に腰をおろし、夜具をはぎとった。怒っているのか、気配が荒くなっている。

「俺は確かに、昔、男としていた。だがそれは、上官や都尉令に、命令されてだ」

「命令されて、同衾を……？」

晨生が理解できないというように眉をよせた。

「どうしても、断れなかった。断ればどうなるか……。俺は、一度だって望んでしたことはない。いつだって、嫌々相手をしていたんだ」

「嫌々って、それじゃあ、強姦《ごうかん》じゃないか。…………あ」

小さく声をあげると、晨生が丸く目を見開いて、動きを止めた。

しばらく、ふたりは無言で見つめあっていた。沈黙を破ったのは、晨生だった。

「……ごめん。いや、君は僕がなにをいってるのか、わからないと思うけど。僕は、勘違いで君に酷いことをしてしまった」

晨生は口元を手で覆い、早口でいった。

冬霜には、晨生がどんな勘違いをしたのか、知るべくもない。

「僕が君にできることが、もうしないということなら……そうするよ。今までずっと、つらかったね」

晨生が腕を伸ばして、冬霜の肩を抱きよせた。

「もう大丈夫。僕が、二度と君をつらい目には遭わせないから」

晨生の温もりを感じて、冬霜は思わず目を閉じた。

つらい目というのが、性行為だけではないことも、晨生が死ぬまで冬霜の生活の面倒をみるつもりということも、冬霜にはなんとなくわかった。

豊かな国家である蒼萃では、身分の高い者や裕福な者が客を養うという伝統がある。

晨生は客として自分を遇するつもりなのだと、冬霜は理解した。

「すまない。俺は、その……戦う以外に能がない人間だ。それでも、客として、扱ってくれることに、心から感謝する」

「君は、立派な人だよ。蒼萃の高官にだって君より立派な人は、そうそういない。だから、自分を卑下するようなことはもういわないで。わかったね」

「…………あぁ」

事実を述べたつもりだが、卑下といわれ、冬霜はとまどいながらもうなずいた。

「そういえば、おまえの妻に挨拶をしないと。これから世話になるのだし」

客としてきちんとふるまわなければ、という使命感で冬霜がいった。

「僕は、妻帯していないよ」

「そうなのか？　普通、貴人は成人するとすぐに妻を迎えるものだと聞いていたが」

「……蒼萃では、そういうことも、あるんだ」

答える晨生の声は静かであったが、ほんのわずかに、なげやりな色彩を帯びていた。

なにか、事情があるのだろう。しかし、聞かない方がよさそうだ。

人間誰しも、生きていれば、つらいことのひとつやふたつはあるものだ。

晨生にとっては、妻帯することがそれなのだろうと、冬霜が判断した。

冬霜が腕をあげ、晨生の髪を不器用な手つきでなでる。

すると、晨生が目を閉じて、冬霜の胸に顔を埋めた。慰めてほしいという仕草に、冬霜がおずおずと晨生の背中で手を上下させる。

「……ここはね、妻を迎えたらと思って用意していた室なんだ。ずっと空いていたけど、こうして大事な友を迎えることができた」

「室？　房でなく？」

「あぁ、僕の寝室の隣だよ」

家族と同じ扱いを受け、冬霜はいよいよ晨生の自分への友情が本物なのだと確信する。

「……まるで、夢を見ているようだ。異国に来て、このような歓待を受けるとは」

「夢じゃないから安心して。これは、現実だよ。君は……太廟で苦しみばかりの人生だった、といっただろう？　陰が極まって陽に転じた。そういうことじゃないかな。一陽来復。冬の後は必ず春が訪れる。……明けない夜は、ないからね」

まるで自分に言い聞かせるようにいうと、晨生が顔をあげ、冬霜を見つめた。

「僕が、君の夜明けになる」

晨生の晨の字には、夜明けという意味がある。

凍《い》てつき、霜のおりた大地が、朝日を浴びてとけるように。

冬霜は自分にもようやく春が訪れたことを、晨生によって実感したのだった。


冬霜が永楽宮に住みはじめてから、あっという間に三日がすぎた。

晨生は、再び喪に服し、落ち着いた日々をすごしていた。

外出はせずに、静かに時をすごしていたが、その晨生の心は、苦い後悔に満ちていた。

僕は……、なんて想像をしてしまったんだ。

よりにもよって、冬霜が悦んで男に抱かれていたと誤解するなんて……。あの時の僕は、どうかしていた。

あらかじめ冬霜について得ていた知識をもってすれば、どのような経緯があって男と同衾したのかなど、普段の晨生ならば、簡単に察せられるはずだった。

それを……。あんな妄想に我を忘れた僕との行為で、冬霜が満足できたはず、ないじゃないか。

彼はそもそも、性愛の相手に同性を選ぶ人間ではなかったんだ。僕は……、僕は、あの時、彼に欲情したけれど。

ほの暗い地下室に浮かぶ白い肌が、なんともいえずになまめかしかった。

男の欲望を受け入れた場所は、温かく柔らかく、晨生を包みこんだ。

それは、今までに味わったことのない快楽だった。冬霜だからこその快感だったと、晨生は悟っている。

「あぁ……。もう二度と、彼とできないのか」

不謹慎なひとりごとをつぶやくと、晨生は手にした書物を両手で閉じた。

人には許されぬ禁断の果実を食してしまった者のように、晨生は冬霜の熱を、肌を、渇望した。

果汁したたる芳醇《ほうじゅん》な実を口にしなければ、これほどの餓えに襲《う》われることはなかった。

晨生は、太廟での冬霜の反応から、これからなんども冬霜を抱けると、頭から信じこんでいた。それだけに、餓えも執拗《しつよう》に晨生にまとわりついている。

そもそも僕は、武人としての彼に憧れて、友になったんだ。こんなことを思うのは、もってのほかだというのに。

ほう、と晨生がため息をついたところで、家宰がやってきた。

家宰は、王太后をはじめ公子や公主など、独立して宮を営む貴人の家を管理する役職のことだ。官位も高い。

永楽宮の家宰は呂《ろ》といい、年は六十歳。中肉中背、物腰は柔和で、ねっとりとした口調で厭《いや》みをいい、働く人々をそつなく監督し永楽宮を運営する、有能な人物だ。

元々は巨卿の家で働いていた男で、今でも巨卿に対する信奉が厚い。

晨生の動向を伝えているようで、巨卿は晨生のことを驚くほど正確に把握している。

その家宰は、晨生が冬霜を連れてきた時、よい顔をしなかった。

「紫豫の虜囚を、牢《ろう》につなぐのではなく、客としてもてなせというのですね？」

物腰は柔和であっても、呂は、晨生に対して敬意はもっていない。むしろ、力を失った公子など、なんの役にもたたないと考えている節さえあった。

普段は呂の背後にいる巨卿をはばかり、ほとんど異を唱えない晨生であったが、こればかりは譲らなかった。

「そうだ。彼は、紫豫の公子で僕の客だ。それにふさわしい待遇でもてなしてくれ」

意識を失った冬霜を自らの袍で包み、その体をしっかり抱えながら、晨生が呂の顔を見すえた。

「このことは、大司馬にお伝えしなければなりませぬなぁ」

きっちり釘《くぎ》をさすと、呂は晨生のいいつけ通りに室を整える手配をした。

その日から、呂は不機嫌であったが、今日は違う。上機嫌で晨生のもとにやってきた。

「郭様がお見えになりました」

晨生は喪中だ。呂は、来客にはいつも渋い顔をする。しかし、さすがに心酔する巨卿の婿となれば、話は別らしい。

現金な呂に内心で呆《あき》れつつ、晨生は林宗のために、一番上等の来客用の房を用意するよう申しつけ、酒肴《しゅこう》も整えさせた。

「そうだ。冬霜にも、同席してもらおうか」

林宗は、冬霜に対して好意的だった。いや、同じ武人であるだけに、冬霜の価値を晨生以上に理解している。

晨生は自ら冬霜の室に赴き、林宗と夕食を摂《と》らないかと誘った。

「郭林宗……。あの手強い校尉か。あの男とは、一度ゆっくりと話してみたかった」

晨生の誘いに、冬霜がにっこりと微笑む。

今日の冬霜は、顔色もよく、床を払って晨生が選んだ服を身につけていた。

瞳の色に合わせた薄青の袍と裳には、銀糸で控えめに刺繍が入っていた。内衣は白。長い白金の髪を濃紺の絹紐《きぬひも》で束ねている。

髪を整え、蒼萃の衣装を身につけた冬霜は、凛々《りり》しくそして麗しく晨生の目に映る。

「ずいぶんと嬉しそうだね。彼も君と同じ武人だし、僕と話すより楽しみかい？」

「おまえは、なにをいっているんだ？　おまえは俺の、ただひとりの友で、命の恩人だ。晨生と比べられる者など、この世にいない」

本音だろうが、冬霜がさらりと晨生を喜ばせる発言をする。

その答えに満足して、晨生は冬霜をともない、林宗の待つ房へ向かった。

「お久しぶりです、晨生様」

相変わらずの快活さで挨拶すると、林宗が恭しく揖《ゆう》の礼をする。

「冬霜様も、お元気そうでなによりです。紫豫の軍装もおにあいでしたが、我が国の衣装もなかなかのものですね」

そんなふうに会話がはじまり、晨生は林宗に座るように薦めた。

一番上等な客用の房は、王の来駕《らいが》にも対応できる調度を揃えている。

鮮やかな朱塗りの円卓には螺鈿《らでん》の細工がほどこされ、椅子は繻子《しゅす》ばりで縁起のいい模様の入った逸品だった。

巨大な花瓶は形よく、さりげなく置かれた橱櫃《ちゅうひつ》（飾り戸棚）には、玉製の香炉が置かれ、芳香を漂わせていた。

三人がそれぞれ椅子に座ると、女官が酒杯を運び、なみなみと酒を注いだ。

晨生は喪中。しかも弟の王太子が酒の飲みすぎで亡くなったばかりなので、唇を湿らすていどに留めた。

乾杯の酒は上等な物で、呂が林宗の訪問を心から歓迎しているのが晨生にはわかった。上等の酒と、次々と運ばれる極上の料理に、三人は舌鼓を打った。

食事の間、三人は選んであたりさわりのない会話に興じる。

冬霜に蒼萃の風習や文物を教えることが多かったが、冬霜はにこやかに聞いていた。

食事も終わりに近づいたところで、林宗があらたまった口調で「さて」といった。

重要な話がはじまると、晨生が――冬霜も――居住まいを正す。

「……晨生様は、青瑛に帰ってから、王后と接触されましたか？」

「いいや。私はこの宮から出ていないし、王后から使いも文もきていない」

予想外の名を聞いて、晨生は瞬きをする。

「そうですか……。実は、王宮では次代の王を選ぶための会議が続いています」

「王太子の訃報からひと月以上が経ちますが……。まだ決まっていませんでしたか」

「突然のことでしたから、もめているようです。とはいえ、候補はかなり絞られました。晨生様以外の公子の方々――前王の威豪様の弟君がおふたりと叔父君――は、年齢が年齢ですし、除外されました」

事情に疎い冬霜にも理解できるよう、情報を補いながら林宗が説明する。

「そうなりますと、叔父君には男子がおりませんでしたから、年齢的に王としてふさわしいのは、弟君ふたりの息子、王孫の方々五人となります」

晨生がうなずいた。

彼らは、紫豫の侵略に対する従軍を理由をつけて断った者ばかりだ。

王族としての責務は放棄し、権利ばかりを当然の顔をして受けとる者たちだ。そのうちの誰かが王位につくのかと思うと、晨生は心穏やかではなかった。

蒼萃の法とはいえ、卑怯《ひきょう》者が国を統べるのか……。ただ、力がある、それだけで。

民を救いに北伐に同行した自分こそが、という矜持が晨生にはあるが、力がなくては候補者にすらなれない。それが、現実であった。

「笵氏も侯氏も、我が郭氏も、王孫の方々とは婚姻を結んでおりませんでした。巨卿殿は、私の妹と王孫の伯倫《はくりん》様との婚姻をまとめあげ、その方を推すつもりのようです。……他の高位高官のみなさまも、同じようにお考えでそれぞれの推す王孫方に、働きかけていることでしょう」

「なるほど」

晨生でも想像のつく状況であった。

それでもまだ次代の王が決まっていないのは、王孫側で自分を高く売りつけようと交渉を長引かせているか、ずば抜けて資質のよい者がいないかのどちらか、またはその両方なのであろう。

そう、晨生は状況を分析する。

「さて、この次代の王を選ぶに当たって、無視できないのが王后のご意見です。次の王は、王后を母として敬う決まり。……漏れ聞こえてきた話では、王后は次代の王には、晨生様がよいとおっしゃったと。民への思いの厚い公子こそが、王にふさわしいと」

「王后が私の名をあげた？　まさか。お気持ちは嬉しいが、私が王位につくことはない。いや、そもそも不可能ではないか」

驚きに目をみはった晨生に、林宗がうなずき返す。

「私も、晨生様が次代の王になられたら……と思う気持ちは王后と同じです。が……いかんせん、それだけはありえないことですし」

「待ってくれ。話がわからないのだが」

ふたりの会話を黙って聞いていた冬霜が、ここで口を開いた。

「私が聞いたところによると、晨生は前王の子で公子だ。王后も林宗殿も晨生こそがふさわしいといっている。私も、同じ意見だ。なのになぜ、晨生は最初から次王の候補にすらあがらないのだ？」

冬霜の疑問は、他国人ならばもっともなものだ。

晨生と林宗が顔を見あわせる。

「冬霜様、それは……」

「いや、林宗、私から説明しよう。冬霜、蒼萃では王位につくのに、血筋と臣下の承認の他に、もうひとつ必要なものがあるんだ。王族のみ伝わる力が……」

「それは聞いたことがある。蒼萃の王族は、みな、天候を操る力をもつのだな」

「私には、その力がない。正確には、昔はあったのだが、成人する頃に失われた」

「！　……………」

冬霜が目を見開き、そして息を呑んだ。

重苦しい沈黙がその場に降り立つ。そして、冬霜がぽつりとつぶやいた。

「……そうか、だから室が空いていたのか」

力のない公子がどのような扱いを受けたのか、冬霜は一瞬で理解したようだった。

王位につかないばかりか、力まで失った公子となれば、妻帯してもその子孫が王位につく可能性はなきに等しい。

そのような公子に娘を嫁がせようとする王族や貴族、高官はいない。それ以下では、晨生の身分につりあわない。

なにより、後ろ盾と考えられている巨卿が、晨生に妻はいらないと考えている節がある。

だからこそ、この年になってもまだ、晨生は妻を迎えていないのだ。

冬霜は、晨生をまっすぐに見ていた。

唇は半開きで、晨生にどんな言葉をかければいいのか、探っているように見えた。

冬霜は、晨生に同情しているようだった。どうしてか、それが冬霜から向けられるものならば、晨生は心地よい、と感じる。

むしろ、同情を引くことで、もう一度くらい同衾したいとさえ考えていた。

明けない夜はない。

辺境で見つけた冬霜こそが、自分にとっての夜明けの太陽だったのだと、晨生はそう理解していた。

そして、話が終わり、林宗が永楽宮を去った。

林宗が永楽宮を訪れたのは、よからぬ計画に巻きこまれてはいないか心配したのと、舅の巨卿から僕が王后——侯氏——へ鞍《くら》がえするつもりなのか、探れといわれたからだろう。

高官や貴族、王族の間では、純粋な友情を抱くことさえ難しい。

戦場で、晨生と林宗は兄弟のように親密であったが、青瑛に戻ると、魔法がとけたように距離が開いていった。

元々、彼とは因縁があった。多少、距離がある方が長くつきあえるだろう。

そう晨生が心の中でつぶやいた時、「晨生」と冬霜に呼びかけられた。

「話がある。どこか、余人を交えず話せる場所は、ないだろうか？」

冬霜が思いつめたような目をしていた。

晨生は、冬霜の表情と発言から、よもや告白かと、期待してしまう。

「僕の寝室ではどうだろう？　人払いを命じれば、邪魔は入らないよ」

「では、そこで」

「じゃあ、行こうか」

口元が緩みそうになるのを必死で堪《こら》えつつ、晨生が冬霜の背中に腕を回した。腰に手をかけると、冬霜の体が強ばり、さりげなく晨生の手から逃れ、一歩半の距離をとった。

今まで晨生は、女を誘ってこんなふうに逃げられたことがない。しなだれかかるか、逃げながら「わかっているでしょう？」といわんばかりの流し目をよこして晨生の欲望を煽るか。そのどちらかだった。

冬霜は誘いを拒絶している。しかし、さりげなくかわすことで、晨生を必要以上に傷つけまいとしている。

参ったな。でも、冬霜のそういうところに、僕は惹かれるのだけど。彼にそういったら、怒るだろうか。それとも、困り顔をするのだろうか。

……いいや、彼は怒らない。きっと困った顔をする。

それが晨生にはわかってしまう。

冬霜は、晨生に——いや、他人に——甘い。だから晨生は、そこにつけこんででも、冬霜を自分のものにしたい。いや、恋人にできるのでは、と期待する。

この様子じゃ、僕への告白……じゃないな。けれども、ふたりだけで話したいことがあるのか……。いったい、なんの話だろう？

晨生は女官に人払いを命ずると、ついでにふたり分のお茶を運ぶよう申しつけた。

冬霜は、初めて入る晨生の寝室に緊張しているようだった。

寝室の小さな卓を挟み、ふたりは向かいあわせに腰かける。

冬霜は、温かいお茶の入った茶器を見つめるばかりで、ずっと黙りこくっている。

「話というのは？　わざわざ人払いをするくらいなのだから、秘密の話だよね？」

「あぁ……。俺は、おまえが力をとり戻す手伝いを、できるかもしれない」

「なんだって？」

冗談はよせ、といいそうになり、晨生はとっさに言葉を呑みこんだ。

冬霜は、冗談をいうような人じゃない。それに、できもしないことをできるという人でもない。

現実と可能性を秤にかけて、正確な――またはそれに近い――判断をする武人なのだ。

「君が、僕の力をとり戻してくれるのか？」

「違う。とり戻すのは、あくまでも晨生だ。俺は、その手助けをするにすぎない。……そういっても、わけがわからないだろうな。まずは、俺の秘密を話さなければ………」

「秘密？」

「あぁ。だが、それを聞いたら…………おまえは、俺を嫌うだろう」

迷子になった小さなこどものように、心許《こころもと》ない声だった。

つらそうな顔を見ているだけで、晨生は冬霜を抱きしめたくなる。

「君の秘密がなんであろうとも、僕は、君を嫌いになったりはしないよ」

「そうか。……では、話そう」

冬霜の声音は、晨生の言葉など、まったく信じていないという色彩を帯びていた。

それでも話すのは、冬霜が、嫌われる覚悟をしたからだ。

正しくは、自分が嫌われることと引きかえに、晨生の力をとり戻すと決めた、ということだった。

冬霜は、一度目を閉じ、細く長く息を吐いた。そして、深く息を吸い、目を開けた。

青色の瞳は、もう、揺らいではいなかった。

「俺には、他人にない力がある」

「やっぱり！　僕はずっとそうじゃないかと思ってたんだ」

「…………え？」

悲壮な覚悟でしたはずの告白を、あっさり肯定されて、冬霜がとまどいの声をあげる。

「冬霜、君は朱豊の異界人のことは知ってるかい？　彼は異能——霊視や霊査と聞いた——をもって王に仕えている。僕は、君の母上が異界人ということと、君の経歴を聞いて、きっとなにか不思議な力をもっているに違いないと睨んでいたんだ」

「そ、そうか」

晨生が得意げに予想を開陳すると、冬霜が面食らった顔でうなずいた。

「人と違う力のある人を、僕は、嫌わないよ。僕だってかつては力をもっていた。力そのものは、悪いものでも怖いものでもない。ただ、悪用する者がいて、他人にいくら迷惑をかけようが顧みない、自己中心的な心のありようこそが、恐ろしいのだと思う」

悪用するような者が、負け戦で自ら殿軍を買って出ることは、決してない。

その一事で、晨生は冬霜に全幅の信頼をよせていた。

「君ならば、どんな力があろうとも、それを悪用しないだろう。僕は、それを知っている。だから君を嫌いにならないよ」

「……確かに俺は、この力を悪用したことは……ほとんどない。だが、晨生。おまえはまだ、俺の力がなにか知らないだろう？」

だから、その言葉をいうのはまだ早い。

そういいたげに、冬霜が悲しげな笑みを晨生に向けた。

「俺が、初めて力があるとわかったのは……、十五歳の時だったか、意に染まぬ行為を強いられていた最中のことだった」

冬霜がぼかした行為がなにを示しているか、晨生にはすぐにわかった。性交だ。

「嫌で嫌で、どうしようもなくて。今すぐ、ここから逃げたいと思っていた。牀に横たわっていた俺は、壁際に鼠《ねずみ》がいるのに気づいた。鼠が、心底羨ましかった。鼠になれたら、こんな目に遭わなくていいのに。そう思った」

「……………」

「その時、俺は鼠になっていた。いや、意識が飛んで鼠の中に入ったのだ。俺は、自分に俺以外の生き物に意識を移せる力があることを、知った」

「ちょっと待ってくれ。君は、いつも鴉を肩に止まらせていたと聞いた。僕も戦場で鴉をいくども見かけた。……あの戦場で、君は鴉に意識を移して偵察していたのか？」

絶妙の間あいでの介入、まるで戦場全体を見渡しているかのような冬霜隊の動きを思い出し、晨生が問う。

「その通りだ。……なんどかおまえのいる帷幕も偵察させてもらった。おまえと林宗の会話も、なんども聞いた。だから俺は、晨生、おまえがどういう人物かを、おまえに会う前から、よく知っていた」

嚙みしめるようにいうと、冬霜が儚《はかな》げに晨生に微笑みかけた。

晨生は、帷幕の横木に止まり、不思議そうに自分を見ていた鴉を思い出していた。

あの鴉が、冬霜だった……？　では、捕虜交換で僕の帷幕を訪れる前から、僕らは――

意識の上では――出会っていたのか。

「……そういうわけで、俺は他の者に意識を移し、その行動を操れる。のっとっている間に見たことや聞いたことは俺の記憶に残る。過去の記憶さえも、のぞける。……それは、動物だけじゃない。滅多にしないが……人に対しても…………」

下唇を噛んで、冬霜がうつむいた。

聞いた晨生は、予想を越えた力に、絶句した。

自分が、他者に操られる。それは、とても恐ろしいことだ。その気になれば、冬霜は僕をのっとって、この永楽宮の当主になることもできるんだ。

権力を持つ者にとって、冬霜の能力は、自分の支配下にあればこの上なく便利だが、敵対すればこの上なく恐ろしいものになる。

晨生の全身に、一瞬で鳥肌が立った。

白い肌、白金の髪という異界人の特徴を色濃くもつ冬霜が、とてつもなく異質な〝モノ〟に見えた。

しかし、その恐怖の源泉は、身を固くし、縮こまって晨生の前にいる。

確かに——確かに、冬霜の能力は、恐ろしい。だが……。

「待ってくれ。君が他人を操れるのなら、なぜ、君は男の玩具であり続けた？　抱かれるたびに、相手の意識をのっとって、どうにかすればいいじゃないか」

「……逃れても、それは一時だけのことだ。他人を一生、のっとり続けられるわけじゃない。それに、この力はとても疲れるんだ。人に対して使うと、二十刻（約四時間）は起きあがれなくなる。その間に犯された。……力を使っても、結果は、同じだった」

小さな声で冬霜が答える。

「では、その力には反動があって、君のほしいままに使えるわけじゃないのか」

「あぁ。それに、のっとる間は、相手の意識と同化するんだ。鳥や犬はまだいい。彼らは、素朴な欲しか持っていない。自然に生きている。だが……人の場合は……自分が汚された気分になることもある。だから……正直、やりたくない」

冬霜はその時のことを思い出したのか、両腕を体に回した。

「俺のことは、どうでもいい。晨生、俺はおまえにのり移り、力を失った時の記憶を、のぞきたいと思っている。おまえが、それを許すのならば」

嫌だ、と即答しそうになって、晨生は言葉を呑みこんだ。

冬霜は、僕のために、僕にのり移り、記憶をのぞこうと申し出ているんだ。

ただ、僕の記憶をのぞきたいだけなら、僕の許可を得る必要はない。僕に、自分の力を説明する必要さえないんだ。なのに冬霜はそれをした。

今、僕は彼を恐れている。そして彼は、僕に嫌われることを恐れていた。けれども、冬霜は僕に秘密を明かした。それは……彼が、そういう人間だからだ。

だったら僕は、彼を信頼して、すべてを預けてもいいのかもしれない。

冬霜以外の者が同じことをしても、晨生はおそらく、こういうふうには考えられなかったであろう。

冬霜とのこれまでの触れあいが、そうしてもいいと晨生に思わせた。

「……いいよ。君の申し出を、受けよう」

「いいのか？」

「もちろん。君になら、僕は……すべてを預けてもいい」

「俺が、気持ち悪くないのか？」

「正直、怖いよ。でも、嫌いにはなっていない」

喋りながら、晨生は自分の感情をあらためて確認した。

冬霜への恐怖と好意が拮抗《きっこう》している。しかし、太廟で触れた冬霜の熱い肌の記憶が、ほんのわずかだが、天秤《てんびん》を好意へ傾かせた。

僕は……こんなことで彼を失いたくない。

先ほどから、うつむいたままの冬霜を見ながら、晨生は心の中でつぶやいた。

椅子から立ちあがると、晨生は冬霜の隣に立った。肩に手を置き、身をかがめ、下から冬霜の顔をのぞきこむ。

「嫌いになっていない。だって君は、僕に力をとり戻してあげたいと、そう思ったからこの話をしたんだろう？」

僕に嫌われたくないのに、嫌われる危険をおかしてまで。

今の彼にとって、僕は、すべてだ。

異国で、庇護者を失う恐怖、それを克服した彼の勇気、誠実さを思えば、僕の感じている恐怖は、とるに足りない物だ。

「僕は、君のことがいっそう好きになったよ、冬霜。君は、とても立派だと思う」

「…………え？」

冬霜が晨生を見た。晴れた空の瞳を見て、晨生は、自分の決断が間違っていないと悟る。

「それで、僕はどうすればいい？」

「では……牀に横たわってくれ。俺も隣にいるが、気にしないでほしい」

恥ずかしそうに早口でいうと、冬霜が椅子から立ちあがった。

「さっきもいったが、俺はおまえの記憶をのぞくだけだ。その時、なにがあったかを再体験して、口で説明するだけなんだ。力をとり戻せるかどうかは、おまえ次第だ」

「わかったよ。過大な期待はするな……ということだね」

沓を脱ぎ、晨生が牀に横たわる。続いて冬霜が牀に腰かけた。

冬霜が、晨生の顔をのぞきこむ。

目があった、と思った瞬間、晨生の意識がぷっつりと途絶えた。

いや、違う。夢の中で、なにかひんやりとして綺麗なものに包まれているような感じだ。

見えないのに、それがとても美しいとわかるのは奇妙だが、実際にそうなのだ。

心地いい。これは……風？　涼やかな……。

そう感じた瞬間、晨生の目頭が熱くなった。悲しくもないのに、涙が出ている。

涙を拭《ぬぐ》おうとしたが、晨生の腕は動かない。

これが、操られるということか……。

不思議と恐怖はない。それは、冬霜と精神が交わった状態が、あまりにも心地よかったからだ。

肉の快感とはまったく違う。涙が溢《あふ》れて止まらない。しかし、その涙が心に溜まった澱《おり》を洗い流しているようであった。

いつまでも、こうしていたい。冬霜とずっと、こうしていたい。

そう願ったものの、終わりの時は訪れる。

「もういいぞ。……不快な目に遭わせて、すまなかった」

耳触りのよい声にいわれて、晨生は至福の時が終わったことを知った。

「もう終わったのか。ずっとこのまま、こうしていたかった」

名残惜しく思いつつ目を開けると、血の気が引き、蠟《ろう》のような顔色の冬霜が見えた。

そうだった。この力は人に使うと、かなり疲れるんだった。

晨生は急いで上体を起こす。冬霜の半身がゆらりと揺れた。座っていることさえつらそうで、晨生は冬霜の肩を抱きよせ、支えとなった。

「横になるといい。なんなら、今晩はここに泊っていくかい？」

「まさか。だが、お言葉に甘えて横にならせてもらう」

下心ありの誘いを一蹴《いっしゅう》すると、冬霜がいかにも気怠《けだる》げな仕草で晨生の胸を押し、牀に倒れこんだ。

あおむけに横たわると、冬霜は胸の上で両手を組み、目を閉じた。

「俺が見たものを話す。……成人前に、おまえはどこかとても景色のよい場所――離宮だろうか――に行ったはずだ」

「確かに。お祖母《ばあ》様の所有する離宮に、暑気払いに行った」

「そこで女官がおまえを、桃園に遊びに行くよう誘った。……桃園には、向《しょう》先生と呼ばれる道士がいた。向は、おまえにこういったんだ。『お母上が亡くなったのは、その力のせいだ』と」

「……そんなことが……？　全然、記憶にない………」

晨生がおぼろげな記憶をたぐったが、離宮に桃園があったことは覚えていたが、そこに行った記憶はなかった。

もちろん、向という道士のことも、いわれたことも覚えていない。

「向は『あなたが力をもち続ける限り、周囲に災いを招く』ともいった。……とにかく、おまえは自分の力を拒絶した。厭《いと》わしいものと思いこまされたのだ」

そこまで話すと、冬霜が大きく息を吐き出した。

「それから、向は、おまえの中からなにかを抜いた。触れるものではない。たぶん、力そのものだ。その後、術をかけておまえの記憶を消したのだ。向のこと、桃園のこと、女官のこと。全部、忘れて、このまま眠るように……。そこで、おまえの記憶は終わっていた。次に見えたのは、牀で目覚めた記憶だ。暑気あたりで倒れたのだろうと、おまえは医師から説明を受けていた」

「それは、覚えている。僕は、離宮の庭で倒れていたと説明された」

「……俺が見たのは、以上だ」

そういうと、冬霜が目を開けて身を起こそうとした。

武人である冬霜が、大病中の病人のようにのろのろと体を動かしている。

「待って。もう少し休んでいるといい。まだ、君に聞きたいこともある」

晨生は、冬霜の両肩を押さえ、強引に牀に寝かせた。

「不甲斐なくて、迷惑をかける。……すまない」

血の気の引いた顔で冬霜が謝る。そんな冬霜の痛々しさに、そしてあまりの健気さに、晨生の胸が震えた。

「……謝ることなんてない。水でも飲むかい？　それともお茶の方がいい？」

「結構だ。それより、聞きたいこととは？」

「向のことだ。……彼が僕になにをしたか。誰に頼まれてそうしたのか、向の口から聞きたい。そのためには、向を探す必要がある。向について顔や背格好、特徴……なんでもいいから、覚えていることを、すべて教えてほしい」

「年よりだった。見た感じ、六十は過ぎていたか……。服は薄汚れていたが、自信たっぷりな感じで。………あれは、そう……偏屈な学者や医師と、同じ類《たぐい》の人間だな。髪も髭《ひげ》も白くて……左眉のつけねに、大きなほくろがあった」

「ほくろか。そんな特徴があるなら、探す手がかりになる」

「背は、当時のおまえより三寸（約七センチ）ほど高いくらいか。目線が、それくらいだった。あとは……ひょうたんを腰にさげていた。大きさは……これくらい」

冬霜が両手を広げ、ひょうたんの大きさを示す。だいたい、八寸（約十八センチ）ほどである。

「覚えているのは、これくらいだ。今は疲れていて……。後でまた、なにか思い出したら知らせよう」

「わかったよ。ありがとう。とても参考になった」

晨生が冬霜の手を握り、力強い声で答えると、冬霜がふっと笑った。

「俺の方こそ、礼をいう。ありがとう。俺を、嫌いにならないでくれて」

「なにを馬鹿な……。僕は、君が大好きだ。前よりいっそう、君のことが好きになったよ」

晨生が答えると、冬霜が弱々しく手を握り返した。そしてすぐに、小さな寝息が聞こえてきた。

冬霜の寝顔を見るのは、二度目のことだ。

太廟は暗くて、その表情はよくわからなかったが、今は長いまつげの一本一本までよく見える。

小さめの薄い唇も、高い鼻も、すべてが美しく愛《いと》おしいと思う。

あまり身なりにはかまわなかったのであろう、白金の髪が傷んでいるのに、晨生は初めて気づいた。

「いい髪油を用意しよう。よい香りのするものがいいな」

ひとりごちながら、晨生は冬霜が寝苦しくないようにと、袷《あわせ》を弛《ゆる》め、帯をといた。

冬霜の肩口に、太廟での交合で晨生がつけた噛み痕《あと》がうっすらと残っていた。

白い肌に散った朱は、とても目立つ。

……いっそこのまま裸にして、無理やり、体をつないでしまおうか。

裳をはぎ、露《あら》わになった白い太ももに手をすべらせ、性器を探り、淡い胸の飾りを吸いあげたい。晨生の雄が、そう欲した。

「駄目だ。それでは僕は、彼を犯した者たちと同類になってしまう」

だけど……これくらいは、許してほしい。

晨生は冬霜の顔に唇を近づけた。本音では口づけしたかったが、理性で堪え、頬《ほお》に唇で触れるに留めた。

ただそれだけのことなのに、心臓が脈打ち、泣きたくなるような喜びが胸に溢れる。

それは、先ほど冬霜の意識と交わった時に感じたものに、とてもよく似ていた。

翌朝。冬霜は晨生の牀で目覚めた途端、今にも泣きそうな顔をした。

晨生が声をかける暇もなく「失礼した」と早口でいって、小走りに室を出ていく。

この分だと、疲労の心配はなさそうだけど……味気ないな。

先ほどまで冬霜が横たわっていた場所に手を伸ばす。ほんのり残った温もりが、切なかった。

寂しいけれど、眠っている冬霜の髪に触れたり、指先に口づけたり、鎖骨や他の場所を舐めたりできたから……それでよしとしよう。

それなりにやることをやり、満足していた晨生は、家宰の呂に絵師を呼ぶよう命じた。

「絵師……でございますか？」

「そうだ。似顔絵を描いてもらいたい。なるべく早く。急いでくれ」

呂は午後には絵師を宮に呼びよせた。

冬霜に特徴を伝えてもらい、向の似顔絵を午後いっぱいかけて完成させると、また家宰を呼んだ。

「向という道士を探してほしい。別名を名のっているかもしれないから、この似顔絵を使うように。……見つけたら、私のもとへ連れてきてくれ。ただし、私の名は伝えないように。あくまでも、貴人が道士の評判を聞きつけ、内密に頼みたいことがあるというふうに話をもっていってほしい」

「……こんなことのために、わざわざ絵師を呼ばれたのですか？」

「こんなことではない。とても、重要なことだ」

そういったものの、晨生は呂に詳細をつまびらかにはしなかった。

巨卿とつながっている呂は、敵ではないが味方でもない。晨生にとって秘密を共有する相手ではなかったからだ。

諸事の手配を終え、晨生は前よりこまめに冬霜に会う機会を増やした。

間違っても、冬霜が嫌われているのではないかと誤解することのないように。

冬霜は、晨生が考えていた以上に、控えめで物静かな男だった。時折、後庭に体を動かしに行く以外は、室に閉じこもりきりだ。

椅子に座り、欞《まど》から外を見て、ぼんやりしていることも多い。

食事にしても、好き嫌いもなく、出された料理にも文句をいわない。ただし、礼を失しないていどに綺麗に食べる。

試しに書物を貸してみると、これには興味をもったようだ。いくつかわからないところがあると、恥ずかしげに、そして申し訳なさそうに、晨生に尋ねてくる。

「そんなに、遠慮しなくてもいいのに」

「いや。蒼萃は文化大国だ。蒼萃の者が紫豫を野蛮と思っていることは知っている。俺のような田舎者が晨生のそばにいて、晨生に恥をかかせたくない」

「冬霜は紫豫人なんだし、知らないことがあっても当然じゃないか？」

「……それでも、だ。俺は……俺のような無骨者を友としたことで、晨生が周りから笑われるのが嫌だ。ここは、女官や舎人《とねり》でさえ、俺より学がある雅な者ばかりだから」

戦場では、あれほど毅然としていた冬霜が、ここでは悲しいくらいに小さくなってしまっている。

野を駆ける獣を檻《おり》に閉じこめ、牙《きば》を、爪を、抜いてしまったように。

「まさか、君を馬鹿にして笑う者がいたのか？　誰だい、それは？」

主の客にそのような真似《まね》をする者は、叱責《しっせき》せねばなるまいと晨生が気色ばむ。

「そんな者はいない。みな、よくしてくれている。俺が、無学な自分が嫌なだけだ」

「まさか、誰かを庇っているんじゃないだろうね？」

「違う。本当に違う。嘘じゃない」

きっぱりと冬霜が否定した。晨生も疑いの矛先を収める。

「……わかったよ。ところで、ここにずっといたら気がつまるだろう？　案内をつけるから、青瑛で物見遊山でもしてはどうかな？」

「この髪と目だ。青瑛に行けば、必要以上に目立ってしまう」

「頭巾《ずきん》で隠すとか……いくらでも方法はあるじゃないか」

「そんなことをしてまで、遊びに行くつもりはない。……おまえが一緒なら……いや、なんでもない」

喪中の晨生が物見遊山などできるはずもない。だが、晨生は、初めて冬霜が甘えを見せたことで、気分がよくなった。

「じゃあ、明後日、父王の葬儀を終えたら、一緒に出かけよう。郊外の離宮はどうかな。そこだったら、馬で周囲を散策できるし、いい気晴らしになるだろうね」

小さな約束をすると、冬霜の表情が明るくなった。

そうして、瞬く間に時がすぎ、威豪の葬儀の日がやってきた。

葬儀は早朝からはじまる。

城内に安置していた遺体を車にのせ、青瑛内の墳丘へ運び、埋葬するのである。

墳丘は国都の北部に位置し、跡を継いだ王が余人に邪魔されず墓参りができるよう、藍宝城から墳墓までは特別な道や橋で結ばれる。

晨生は延寿が亡くなったことで、威豪の唯一の男子となった。葬列の先頭に立ち、父王の遺体を納めた車の後に続いた。

威豪用の墳墓に着くと、錦の覆いのかけられた棺《ひつぎ》が車から出され、墓穴に運ばれる。太祝令が祝詞を捧げ、太常の下級官吏が棺に土をかける。

完全に棺が埋まり、こんもりとした土饅頭《つちまんじゅう》ができるまで、参列者はそこに留まらなければならない。

官吏が土をかぶせる間、晨生は、亡き父を追憶していた。

好きか嫌いか、といえば、好悪を越えたところにいた。

父は王であり、大過なく国を治めた。偉大な、という表現には及ばないが、いずれ国史には賢良な王と記されるであろう。その点では、十分に尊敬できる存在であった。

翻って父として威豪をみれば、力を失って以来、晨生の存在を恥と思ったか、なき者のように扱い続けた。

いかに巨卿にやる気がなくとも、父王の意向があれば、晨生は妻を娶り、人並の幸せを享受していたはずだから。

父にとって、僕は、その治世における瑕瑾《かきん》だったのだろう。だからこそ、認めたくない存在だった。

けれども、僕は……あなたに、とても、認められたかった。

だから、力はなくとも立派な公子だと思われたくて、身を慎み、書を学び、寛容に努め、自己を高め続けた。

もしかして、僕が、喪中に従軍するという暴挙に出たのは……父に対するあてつけだったのかもしれない。

僕が死に、冥府《めいふ》で再会した時、力の有無よりも大切なものが、王族にはあるのではないですか、と、父をなじるために。

生きている父に認められるのは、叶《かな》わなかったから。

周囲に漂う線香の匂いを嗅ぎながら、晨生は、そんなことを思っていた。

葬儀が終わると、粛々と参列者が徒歩で帰途につく。

じきに藍宝城に着くという頃あいになって、小声で晨生に呼びかける者がいた。

「公子、少々、よろしいでしょうか」

少々甲高いが、理知的で自信に満ち溢れた声であった。

「侯君房……」

ふり返った晨生の目に、微笑する君房の姿が映った。

君房は、笵氏と対立する派閥、侯氏の領袖《りょうしゅう》であり、王后・少君の兄で、三公のひとつ、大司空という人臣の最高位にある。

次代の王の選定において、少君が自分の名を出していたことを思い出し、晨生は警戒しつつ君房に向き直った。

「なにか、ご用でしょうか？」

「前王の葬儀の場で失礼と思いましたが、公子と親交をもてる貴重な機会、これを逃してはなるまいと、つい、話しかけてしまいました。私は、かねてより英明と名高い晨生様とゆっくりお話をしたいと思っておりました」

「それはそれは。私などに過分のお言葉です」

歯が浮くような君房のお世辞に、晨生は慎重に返した。

君房の年齢は四十五歳。妹の少君が十五歳で延寿を産み、四十三歳であることを考えれば、もっともな年齢だ。

学者と対等に議論ができるほど学問を究め、博識でもある。

侯氏から法に反する者が出た際にも、大司空として看過できぬと、公平な処罰を下した。そのことにより、主に下級官吏や民衆からの人気が高い。

物腰も柔らかで、挙措には風雅が漂う。

この年になってかっぷくが出てきたものの、妹によく似た整った顔立ちの持ち主だ。

晨生より頭半分ほど背は低いが、それは檠王室の人間が長身揃いのためで、蒼萃の成人男子の平均は超えている。

文化大国たる蒼萃の宮廷において、まさしく顔といってよい洗練された存在であった。巨卿が、若い頃は戦場を駆け巡ったという経歴の持ち主で、未だ泥臭いところを残しているのとは、対照的に。

君房は王城に着くと、大司空の役所に晨生を招いた。

後ろ盾となっている巨卿の政敵とはいえ、晨生は君房に遺恨はない。誘いを断る理由がなく、また同時に巨卿や王后の思惑を幾分かでも知りたいという目論見《もくろみ》もあった。

来客用の房に晨生を案内すると、君房は人払いをして「さて」と話しはじめる。

「先日の紫豫との戦――王族として従軍なされたこと――とても余人にできることではないと、みな口々に褒めそやしております。晨生様の民への思い、私も感服いたしました」

「父の喪中に自ら従軍を申し出る、不孝者をですか？」

自嘲《じちょう》をこめて晨生が答える。

僕がそうしたのは、父を見返すためだ。他の王族を貶《おとし》めるためだ。民のことなど……表向きの理由にすぎなかった。僕は、本当に醜いな。

それを認められるのは、冬霜と心で交わった経験があったからかもしれなかった。

晨生の醜さを、冬霜は知っている。少なくともひとりは、自分の醜さも含めて受け入れる人がいる、そのことが晨生を強くしていた。

「……公子のことは、青瑛でも話題になっています」

晨生の言葉を君房は聞かなかったことにしたのか、にこやかに話を続けた。

「その話を聞いた若い娘は、みな、公子に夢中です。その中に恥ずかしながら、私の娘もおりまして……」

「………買いかぶりすぎです。私はそんなに立派な者ではありません」

不穏な風向きを感じて、晨生は謙遜《けんそん》して逃げた。しかし、君房はそれを許さない。

「そのように、慢心しない公子だからこそ、娘も惹かれたのでしょう。……その娘、名を昭君《しょうくん》といいます。年は十四歳。なかなかの器量で気立てもよい。王后の覚えもめでたく、実の娘のようにかわいがられています」

昭君のことは、晨生も耳にしたことがあった。

君房の娘——いや、美形の多い侯一族——の中でも、特に美しいと評判で、君房が掌中の珠として愛《いつく》しんでいるという。

いずれ、晨生の弟で王太子の延寿に嫁ぐのではないかと憶測も飛んでいた。しかし、延寿はもういない。

まさか……。いや、そんなことはありえない。

一瞬、頭をよぎった想像を、晨生はすぐに打ち消した。

「昭君が、晨生様以外の方に嫁ぐのは嫌だといい張りましてな……。私ども夫婦もほとほと困り果てております。どうでしょうか、昭君の想いを汲《く》み、公子の廟の塵《ちり》を払う者に、我が娘を加えていただけませんでしょうか」

「！」

君房は、娘を晨生の妻に与えたい、と述べたのだ。その言葉のもつ意味と、影響を考えて、晨生の体が震えた。

もしや、君房、いや侯派は、僕を王位につけようと、本気で思っているのか？

笵氏が後ろ盾の晨生をとりこむのに、これ以上ない手段と時宜《じぎ》であった。

しかしそれは、僕が即位できること、力があることが前提だ。侯派は、王后は、それを可能にする方策があるというのか？

晨生は君房の顔を見つめ、その意図を探ろうとした。

もし、僕が王后の後ろ盾を得て君房の娘を娶り、王位につけば、宮廷内の勢力図が完全に侯派に傾く。

あたら奇貨を手にしていたのに、その真価に気づかず、なにも手を打たなかった笵氏、いや巨卿へ向けられていた輿望《よぼう》は消え失せ、権力闘争に敗れるだろう。

それよりなにより、二代続けて王后を出した侯家が受けとる俸祿《ほうろく》は莫大《ばくだい》になり、現実的な勢力において笵氏を完全に上回る。

「大司空よ、私は決して王位にはつけない者です。その私に娘を嫁がせるのは、あまりにも……侯家に益がなさすぎます」

晨生は推測とは違うことをいった。憶測を、うかつに口にするわけにはいかない。

「侯家のことを、そこまで公子がお考えになられるとは。なんとお優しい。私はその一事だけで、公子の舅となりたくなった。……この娶嫁《しゅか》について、そのような無粋な思惑はありません。かわいい娘が食を絶ってまで公子に嫁ぎたいとせがんでいまして、その思いを叶えてやりたいという、ただの親心ですよ」

「そこまで娘御が私のことを……。にわかには、信じられませんが」

それが真実か嘘かはともかく、君房は上手い理由を用意した。そう晨生は考えた。

普通、そこまで若い娘に思慕されて悪い気のしない男はいない。ただの娘かわいさの行為ならば、周囲にもいいわけがたつ。

なにより晨生は独り身で妻のひとりもなく、昭君とならば身分のつりあいもとれている。客観的に考えれば、この上なくいい縁談なのだ。

「近いうちに、我が家にお越しください。公子をもてなすための宴を設けましょう。その場には、王后にも臨席いただきます。内々にですが、王后には、公子を養子にしたいという意向がございまして」

「まさか、王后がそのようなことを……？」

「王后も、王と王太子を立て続けに亡くして寂しいのでしょう。この頃はふさぎこんでばかりで、床につく日も多いようです。王后の病気見舞いということで、ぜひに」

「王后の病気見舞い……。それでは、断ることはできません」

招きに応じるとは明言せず、晨生は答えを保留した。

それでも即座に断らなかった晨生に見こみありと判断したのか、君房はあっさりと話を終わらせた。

「いったい……。なにが起こっているんだ?」

晨生を中心にして、策謀が渦巻いている気配がする。しかしそれがなにか、当の晨生にはまったく見えてこない。

吉凶を見定められないまま、大司空の役所を出た晨生に、声をかける者があった。

「父王の葬儀を終えて早々に、大司空と落ちあったのですか?」

がっしりした体格の、いかにも王朝の重鎮といった風情の男が不機嫌そうに立っていた。

その隣には林宗がいて、晨生に心配そうなまなざしを向けている。

「大司馬……。それに林宗も。大司空に話がしたいといわれ、断る理由がなかったので、それに応じたまでです」

「話? 大司空となにを話したのだ?」

六十代の巨卿は、最初から若造の話などまともに聞かないという態度で接してきた。

元々、晨生の母親は王太后——当時は王后だった——つきの女官であった。

決して箔派だったわけではない。学者の娘で才媛と名高く、その評判を聞いた王后がぜひにと中宮（王后の文書を司る女官）として出仕を命じたのだ。

そういった経緯があったからか、巨卿は晨生の母を下に見ることがあり、それは息子の晨生にも引き継がれていた。

怒りで巨卿の顔が赤らんだ。ただでさえいかつい巨卿の顔が、いっそう恐ろしげになる。

巨卿は、好悪が激しい激情家だ。それだけに自家や派閥の者には厚く報いる人情家の面もある。ちょうど、君房が自家の者を公正に処罰したのとは、正反対に。

林宗のように気に入られればよい舅であろうが、晨生のように役立たずの公子という扱いを受けている者にとって、これほど煙ったい存在もない。

晨生は巨卿の問いに、どう答えようかと迷った。

だが、いくら秘密にしても、いずれこの話は周囲に漏れる。その時、巨卿がその話を知れば、怒りは倍増する。

結局、今、話してしまうのが一番害が少ない。そう晨生は判断した。

「娶嫁の話です。大司空の娘を嫁にしないか、といわれました」

「なんだと⁉　もちろん、その話は断ったのだろうな？」

「いいえ。大司空がいうには、王后もこの婚姻には賛成していると。私の立場では、王后の意向に逆らえません。この話、断ってもいませんが、受けてもいません」

「舅殿、公子にとって王后は母も同然。そのご意向を即座に断れば不孝となります。公子は、事態を上手くさばかれたと思いますが」

さりげなく林宗が晨生を庇う。実際、それ以外の態度を晨生はとりようがない。

林宗の言葉に巨卿がうなり声をあげ、そしてむっつりと口をつぐんだ。

「では、大司空が話をまとめる前に、こちらで公子の娶嫁の相手を選んでおく。よもや、同時期にふたりも妻を娶るわけにはいかんし、大司空も娘を別の家に嫁がせるであろう」

晨生の意向を無視した一方的な決定だった。

絶句する晨生と林宗をよそに、巨卿が喋り続ける。

「それにしても、まだまだ幼いと思っていたが、公子も娶嫁を考える年になったか」

「…………」

隣にいる林宗と同じ年ですよ、とあやうく晨生が厭みをいいそうになった。

林宗は七年前に巨卿の娘と婚姻し、すでに五歳の息子と三歳の娘をもうけている。

「娶嫁の相手が決まったら、永楽宮を訪問しよう。公子には、しばらく外出をなさらぬようにしてもらいたい。私は忙しい身、用事は一度で済ませたいのでな。では」

いいたいことをいうと、巨卿が一方的に話しを打ち切り、林宗を連れて去っていった。

残された晨生は、あまりのことに呆然とその場に立ち尽くした。

そして、このような経緯で自分の妻が決まってしまうことが、悲しく虚しかった。その想いは、永楽宮に戻り、晨生の室の前で待っていた冬霜を見て、なおさら募った。

「……どうした、なにかあったか？」

なるべく平静をよそおっていた晨生だが、ひとめで自分の異変を見抜かれ、泣きそうになった。

あぁ……僕は、この人のことが、好きだ。

その想いが、晨生の胸に溢れ、満たした。

「どうせ僕を待つなら、室で待っていたらよかったのに」

「晨生の許可もないのに、勝手に室に入るわけにはいかない」

「君は、本当に義理堅い。君と僕の仲だというのに」

生真面目《きまじめ》な返答に苦笑すると、冬霜の肩に顔を埋めた。

ふっと晨生の鼻先を香料の匂いがかすめた。これは、晨生が贈った髪油の匂いだ。

冬霜、僕が贈った髪油を使ってくれているのか……。あまり身なりに構うのは好きじゃなさそうなのに。

それでも、冬霜が髪油をつけるのは、晨生が喜ぶからだ。冬霜はやはり、晨生に甘い。

「ごめん。しばらくこのまま……。君に甘えさせてほしい」

「……甘えるのなら、女の方がいいのでは？」

「君がいいんだ」

聞き分けの悪いこどものように晨生が返す。冬霜は、晨生の背中を優しく叩いた。

「ここだと人目につく。俺かおまえの室に移動しよう」

「では、僕の室に」

晨生が冬霜を寝室に誘った。室に入ると、晨生は無言で冬霜を牀に腰かけさせ、自分はその膝に頭を預けて寝転がる。

「……ずいぶんと、気弱になっているな」

晨生の甘え方は、同性にするものではない。それでも、一度は体をつなげたからか、冬霜は文句もいわずに晨生の髪を慰めるようになではじめた。

「あぁ。父王の葬儀の後、とても嫌な目に遭った」

晨生が、君房と巨卿、それぞれとのやりとりを冬霜に説明する。

冬霜は真剣に晨生の話を聞いていた。話が終わると、冬霜は晨生に微笑みかけた。

「経緯はどうあれ、めでたい話ではないか。……俺は、おまえには、おまえを支える妻が必要だと思う。よい娘が妻になるといいな」

心に沁《し》みてくるような優しい冬霜の声だった。

「よい娘ね。君のように、僕のことをわかってくれる女性がこの世にいるのだろうか」

「俺たちは知りあってから日も浅い。俺がどれほど晨生のことをわかっているか」

「少なくとも、君はさっき僕の異変に気づいた。永楽宮の者は、誰も気遣う言葉をかけてこなかったよ」

「仕える者と友では、気安さが違う。わかっていても、いえない時もある」

「確かに。……でも、声をかけてくれたのは、君なんだ。だから僕は君に甘えてしまう」

晨生は上を向き、冬霜の青い瞳を正面から見据えた。そのまま冬霜の手をとり、指を絡めた。

冬霜はどうしたものかという顔で晨生を見やる。

晨生は冬霜に嬉しそうにしてほしかった。ささくれた心は、あてつけのようにいわずもがなの問いをさせた。

「冬霜、そういえば君も独り身だったよね。いずれ妻を娶る気はあるの？」

「ない」

「どうして？　蒼萃に来たから？　君が望むなら、僕が伝手《つて》を辿《たど》っていい相手を探してあげる。蒼萃人でも紫豫人でも、冬霜の望む条件の娘を探してあげるよ？」

なぜそんなことを聞いてしまったのか、こんなことをいってしまったのか、晨生は自分でもわからない。

自分の妻帯が決まり、独り身の冬霜に申しわけないという想いもあれば、心密かに晨生を好きだという理由で断ってほしいという願望もある。

僕は、卑怯だな。冬霜を試しているのか。もし、冬霜が「頼む」と返したら、僕は、彼にあいの娘を探すことができるだろうか……。

不安に揺れる瞳で冬霜の出方をうかがう。

冬霜はため息をつき、そして悲しげな顔で口を開いた。

「晨生、俺は半分異界人だ」

「……そうだね」

「俺は、幼い頃から奇異な目で見られていた。それはこのナリだからしょうがない。だが、そのせいで俺は、どうしてもこの夏華になじめなかった。たぶん、俺は、夏華にいてはいけない存在なのだ。夏華にとって俺は、悪性の腫瘍《しゅよう》のようなものだ。それに鴉に魂をのせて飛ぶうちに、人であることさえ煩わしくなった。……そんな俺に、妻は、不要だ」

だから、二度とその話はするな、と冬霜がまなざしで告げていた。

いや、その話はしないでくれと懇願するように、冬霜は晨生の手の甲を、指先で優しくなでる。

人であることさえ煩わしいという冬霜は、どこか儚げで、晨生はこのまま手を放したら冬霜が空気にとけて消えてしまいそうに感じた。

「わかったよ。娶嫁の話は二度としない。だけど、冬霜。君が夏華にいることで、僕は救われた。君の半分は異界人かもしれないけれど、もう半分は夏華人なんだ。だから、僕のためにこの夏華に人として、留まり続けてほしい」

「晨生……。俺のつまらぬ繰り言を、そう真剣に受けとるな」

「つまらなくなんかない。君は本気でそう思っているんだろう？」

冬霜が気まずそうに顔を背ける。

晨生が上体を起こした。冬霜の手を握り直し、空色の瞳をひたと見据える。

「君がこの夏華で生きてゆく理由に、僕はなれないのか？」

「そういう言葉は、いずれ妻になる娘のためにとっておくものだ。……まるで、愛の告白のようではないか」

冬霜の眉がよった。目元はうっすらと赤らみ、口元が歪んでいる。

……あれ？　もしかして………。

晨生の頭に閃くものがあった。

今の冬霜の表情は、嬉しさを表に出すのを、無理に抑えているようじゃないか？

「ねえ、冬霜、君は……」

僕のことが好き？

そう尋ねようとした時、室の外から家宰の声がした。

「公子、大司馬がお見えになりました。至急の用件とのことです」

呂の声に、甘い雰囲気が壊れた。

あぁもう！

晨生は心の中で舌打ちする。しかし、冬霜はいつもの生真面目な顔に戻り、晨生に「行け」とまなざしで伝えた。

「……わかった。すぐに行く」

晨生は呂に応《こた》えると、未練たっぷりに冬霜の手を放した。

「すぐに戻る。君には、ここでこのまま待っていてほしい」

「それが、おまえの頼みなら」

晨生は鏡で乱れた髪を整えると、室を出た。廊に出ると呂が待っていて、晨生をせかすように、足早に来客用の房へと向かう。

「お待たせしました。用件とはなんでしょうか」

「決まっている。公子の娶嫁についてだ」

晨生が席に着くのも早々に、巨卿が訪問の目的を果たそうとする。

「娶嫁の件とは……。先ほど話が出たばかりではないですか」

「あぁ。ちょうど、伯倫様——公子のお従兄弟《いとこ》にあたる——から、姉君の再婚について誰かいい相手がいないかと相談されていたのを思い出したのだ」

「再婚、といいますと……まさか景珠《けいしゅ》殿ですか。先年、夫に先立たれた……」

直接、景珠に会ったことはないが、近しい王族の近況は晨生も把握している。

景珠は確か三十二歳……。前夫との間に、十五歳を頭に三人の子をなしていたはず。

晨生は二十九歳。妻帯したことはない。通常、晨生の条件ならば十代の娘が許婚《いいなずけ》として選ばれるはずなのだ。

再婚で年上、しかも子がすでにいる、というのは――それが悪いわけではないが――晨生にとって、いくらなんでも、といいたくなる相手であった。

さすがにそれはないだろう、という目をした晨生に、巨卿が深くうなずき返す。

「その通り。伯倫様は、いずれ王になる御方。その姉君ともなれば、公主に叙爵される。公子にとっても、悪い話ではないはず」

「………」

上機嫌の巨卿を前に、晨生が絶句する。

これならば、君房の持ってきた縁談の方がつりあいがとれていた。

いや、君房は巨卿が晨生を軽んじていることを見越していたからこそ、晨生の歓心を得るため、あえてそうしたのかもしれなかった。

ないがしろにされるのはまだいい。政略結婚も、公子ならば仕方のないことだ。

だが、巨卿の権謀の駒《こま》にされるのは、たまらなかった。

その時、房の櫳に雀《すずめ》が一羽やってきた。雀は、晨生を見て、小首を傾げる。

まるで、「どうした?」と尋ねているかのように。

「冬霜……?」

かすかなつぶやきに、雀がひと声鳴いた。小さくかわいらしい声が、それが冬霜の魂をのせた雀だと、晨生に伝えてきた。

冬霜。君は僕を心配して、力を使ったのか……。

晨生のささくれた感情が、冬霜の労りに、少しだけ和らぐ。

「王族の女性は、結婚相手を選びますからな。時には、よい相手が見つからず、一生独身のままということさえある。伯倫様も姉君を心配しておられたのだ。公子が相手ならば申し分がないと、首をたてに振ってくださった。ありがたいことですな」

「……そうですか」

僕の意向は、無視ですか。その言葉を、晨生は呑みこんだ。うかつな発言をしては、自分の立場が悪くなるだけだ。

断るにしても、もっともな理由をつけなければ。いっそのこと、君房にあらいざらいぶちまけて、侯派に鞍がえする方がいいのか。

いずれにせよ、君房と腹を割って話をして、内諾を得た後でなければ、巨卿と袂《たもと》を分かつのは、危険だ。

そう晨生が結論を出した時、巨卿が「さて」と渋い顔をした。

「景珠様との婚姻、その前に、公子にはしてもらわねばならぬことがある」

「なんでしょう?」

「聞けば、公子は紫豫の公子を客としているとか。そやつは、本来、社の生け贄に捧げられていたはず。なぜ生きてこの永楽宮にいるのですか？」

「……彼は、社で代償を払いました」

「太常から聞きました。……公子はそやつと交合したそうですな」

汚らわしいといわんばかりの巨卿の声だった。

「社に捧げられるべき者が生きているのは、不祥。いずれ公子……いや、この蒼萃に神罰が下るやもしれん。公子よ、近いうちに儀式のやり直しをするのだ。太常もその方がよいといっておりましたぞ」

儀式のやり直し……だって？

巨卿の言葉の意味を理解した時、晨生の全身から血の気が引いた。

椅子に座っているのに、足下がおぼつかないような。椅子ごと底なし沼に落ちてゆくような。そんな感覚があった。

これまで堪えに堪えてきた晨生だが、もういい、と心の中で囁く声があった。

もうやめだ。僕は、これ以上巨卿の人形でいるのは、我慢できない。

「お断りします。この話はなかったことにしてください。友を殺すくらいなら、僕は一生独りでいる方がましだ！」

晨生が卓子を叩き、椅子から立ちあがる。

巨卿に対し、晨生が明確に異を唱えたのは、これが初めてのことだった。母を亡くし、力を無くし、父の関心を失った幼い晨生は、自分が無力であることを本能で悟っていた。

聡明だった晨生は、巨卿と意見があわない時は、孤立を避けるため、不満を表に出さず従うのが常だった。

しかし、ここにきて、晨生にも我慢の限界が訪れた。

一歩も引かぬという態度の晨生に、巨卿は意表をつかれたようだった。ただ呆然と晨生を見あげている。

肌に刺さるような沈黙が降り立つ。しかしそれは、雀の鳴き声によって破られた。警告のようなさえずりに、晨生が我に返る。

冬霜。君は、僕になにを告げようとした？　……君がなんといおうとも、僕は前言を翻すつもりはない。

唇を引き結び、晨生は気迫をみなぎらせて巨卿をねめつけた。

「……わかりました。公子も突然のことで心の準備もできていないでしょうからな。景珠様との婚礼の話は、後日、あらためて返事をいただくことにしましょう」

猫の仔《こ》と思っていたら虎《とら》だった、とでもいうように、巨卿は晨生への態度を改める。あからさまな変化に晨生は鼻白んだが、黙って巨卿の去るに任せた。

雀は、いつの間にか姿を消していた。晨生は急いで室に戻る。

「冬霜！」

大声で名を呼びながら室に入ると、強ばった顔の冬霜が椅子に座っていた。

「晨生、おまえ……自分がなにをしたのか、わかっているのか？　どうしてあんな断り方をした」

うつむいたまま、冬霜が晨生に問いかける。

「決まっている。君を僕の手で殺したくなかったからだ。王子として失格でも、人として、僕は間違った道を歩みたくない」

「……そのために、一生独り身でいる気か？」

「君がそばにいてくれるなら。それもいいと思っているよ」

きっぱりと晨生が答える。それが、かけ値なしの本心だった。

晨生の言葉に、冬霜が両手で顔を覆った。肩が細かに震えている。

「……晨生………。おまえの気持ちが、本当に嬉しい。おまえのことを思うなら、喜んではいけないのに。これほどの厚情に、どうしたら報いられるだろうか」

巨卿に逆らったことで、晨生の気分は高揚していた。その勢いのまま、晨生は冬霜を背後から抱くように卓子に両手をつく。

「君のすべてを、僕にくれ」

甘く掠れた声で囁くと、冬霜の体が腕の中で強ばった。

「……それは………」

「わかるだろう？　僕がなにを望んでいるか。冬霜、僕は、君を愛している。君以上に誰かを愛することはない。だから、君も僕に応えてほしい」

冬霜が弱い立場にいるのを逆手にとって……。僕は、卑怯だな。

だが、晨生は冬霜がうなずくことを知っていた。冬霜が、今なら、自分にすべてを与えると、確信をもっていた。

「晨生………。俺なんかで、いいのか？　蒼萃の公子のおまえが選ぶ相手が、俺で、いいのか？」

不安そうな声に、晨生は言葉では返さなかった。

冬霜の髪を束ねた紐を外し、そして、白金の髪に口づけたのであった。


「君がこの夏華で生きてゆく理由に、僕はなれないのか？」

晨生にそういわれて、冬霜は驚き、そして胸が熱くなった。

好きな人にいわれて、これほど嬉しい言葉があるだろうか？

冬霜が自分に問いかける。だが、それを本気にしてはいけないこともわかっていた。

「そういう言葉は、いずれ妻になる娘のためにとっておくものだ。……まるで、愛の告白のようではないか」

うつむいたまま早口で答えながらも、冬霜は頬が火照《ほて》っているのを感じていた。

「ねえ、冬霜、君は……」

心なしか、いつもより甘やかな声が冬霜の鼓膜を震わせた。大好きな人の優しい声に、冬霜の心は蜜《みつ》のようにとろけてゆく。

「公子、大司馬がお見えになりました。至急の用件とのことです」

室の外から呂の声がして、一瞬で冬霜は冷静になった。

なにを俺はのぼせているのだ。晨生がいくら優しくても、それを俺への恋慕の情だと勘違いするなんて。

身のほどを、わきまえろ。

冬霜はそう自分にいい聞かせると、晨生に手を放せ、とまなざしで訴えた。

手を放して、大司馬に会いに行くんだ。

晨生は、冬霜の声なき声が聞こえたかのように、室の外にいる呂に向かって声をかけた。

「わかった。すぐに行く。………すぐに戻る。君には、ここでこのまま待っていてほしい」

「それが、おまえの頼みなら」

こっくりと冬霜がうなずくと、晨生は身支度を整えて室を出ていった。

ひとりになった冬霜は、大司馬の用件――おそらく、晨生の娶嫁についてだ――が気になりだした。

晨生は、大司馬と会って、今までにないほど気弱になっていた。晨生は大丈夫だろうか？

本当は、晨生が誰を娶るのか気になっていただけだ。しかし、冬霜はそう自分にいいわけし、能力を使うことを許した。

帯の間に挟んでおいた小袋をとり出す。この中には、以前、永楽宮の女官に頼んで、もらった生米が入っている。

椅子に座り、櫳の枠に生米を置くと、すぐに雀がやってきた。

この永楽宮に住むことになった冬霜は、毎日、こうやって鳥や鼠といった小動物に餌をやっていた。

いざという時、すぐに、魂をのり移せられるように。そして、今がその時だった。

「悪いな。少々、体を借りる。餌は後でたっぷり食うといい」

体を借りるにも、きちんと代償を用意するのは、冬霜なりの礼儀であった。

冬霜にとって、人も動物も――木々や大地でさえも――同じ大きな環の中で生きる、上下のない等しい存在であったから。

呼吸を整え、雀に意識を移すと、冬霜はそのまま空に飛び立つ。

晨生がいるのは、林宗と会ったあの房だろうな。

眼下に永楽宮を見おろしながら、冬霜は来客用の房へと向かう。

鳥に魂をのせると、思考力が減退する。

ただし、人に魂をのせた時に比べると、精神的な負担は圧倒的に軽い。

晨生に魂をのせた時は、そうでもなかったな……。

記憶、しかも本人も忘れているような過去を探しさえしなければ、冬霜もあれほど疲れることはなかった。

晨生とひとつになるのは……心地良かった……。温かくて……俺をそっと受けとめてくれた。あんな経験は、初めてだ。

当然、晨生は聖人ではないので、多少のずるさや欲望も冬霜は感じている。

だが、邪気や欠点、欲望のない者はこの世にはいない。生きるためにはそれが必要で、そして晨生の抱くそれらは、冬霜の許せる範囲に収まっていた。

冬霜が来客用の房を見つけ、櫳の枠に降り立つと、巨卿がほどこしをしてやるとでもいわんばかりの口調で喋っていた。

「伯倫様は、いずれ王になる御方。その姉君ともなれば、公主に叙爵される。公子にとっても、悪い話ではないはず」

巨卿の言葉に反して、晨生の表情は強ばっていた。

……大丈夫だろうか？

雀になった冬霜の頭にあるのは、ただ、晨生のことだけだ。小首を傾げ、晨生を見ていると、「冬霜？」と、晨生がつぶやいた。

「そうだ」と冬霜がさえずりを返す。すると晨生の表情が和らいで、冬霜は晨生にこれが自分だとわかってもらえた嬉しさに、その場でぴょんと跳ねあがった。

そして、巨卿の口から紫豫の公子という言葉が出て、冬霜は耳をそばだてた。

ずいぶんと、上品な悪口だな。

辺塞で、長い間男の玩具として過ごしてきた冬霜なのだ。同じ隊の仲間から、耳を覆いたくなるような卑猥であけすけな悪口を、数えきれないほどいわれ続けてきた。

嫌悪感を露わにされたていどで動じるような、繊細な神経はしていない。

苦笑していた冬霜だが、話の流れが儀式のやり直しとなり、そんな余裕はなくなった。

「お断りします。この話はなかったことにしてください」

晨生の答えに、冬霜が心の中で叫んだ。

いけない、晨生。気持ちは嬉しいが、俺のことは、見捨てていいんだ。

俺は、俺が生きてゆく理由におまえがなりたいと、そういってもらえただけで、十分幸せなのだから。

冬霜から見て、巨卿は晨生の命綱であった。逆らうことで、これから晨生が受ける不利益を思うだけで、身震いした。

しかし晨生は、冬霜の思惑に反して、決定的な言葉を巨卿にぶつけてしまう。

「友を殺すくらいなら、僕は一生独りでいる方がましだ！」

晨生が卓子を叩き、椅子から立ちあがる。

その瞬間、冬霜は、歓喜に胸が震えた。だが同時に、晨生が男として得られる幸福のかなり大きな部分を、自ら捨てようとしている危うさにも気づいていた。

『駄目だ、晨生。その言葉を撤回するんだ。いずれおまえは、その言葉をいったことを、深く後悔する羽目になる』

思わずそう叫んだが、嘴《くちばし》から出たのは、さえずりだけだ。

冬霜の警告は晨生に届かない。

そして晨生は、闘う男の顔をして、巨卿に対峙していた。

あんな目をした時、男は、絶対に引かない。引けない。

あぁ、晨生。おまえは……捨てる覚悟をしたのか。俺のために、巨卿を敵に回し、人としての幸せを捨てると、決めたのだな。

冬霜から見て、晨生は甘さが目立つが、決してその場の勢いだけでこのようなことをいう人物ではなかった。

雷に打たれたような衝撃が冬霜に走り、気がつけば雀から魂が離れ、意識が肉体に戻っていた。

「はぁ……はぁ……」

急激に魂が肉体に戻った反動で、冬霜の呼吸《いき》が乱れる。

いや、呼吸が乱れていたのは、あまりにも幸せだったからだ。

これほどまでに深い情愛が俺に向けられるなんて……。

夢のようだ。幸せすぎて、これが現実だとはとても思えない。

いつの間にか冬霜の中で、なにがあっても晨生から離れたくないという想いが芽吹きはじめていた。

「冬霜！」

息せき切って、という言葉がぴったりの様子で、晨生が室に入ってきた。

「晨生、おまえ……自分がなにをしたのか、わかっているのか？　どうしてあんな断り方をした」

客観的で理性的な冬霜が頭をもたげ、つい、そう聞いてしまった。

そばにいたいという想いが、それが自分のわがままではないかという疑いとせめぎあう。

混乱した冬霜は、顔をあげられない。そして、晨生の近づく気配がした。

触れるほど近くに晨生を感じる。それだけで、歓喜としか呼べないなにかが冬霜の中で生まれ、沸きあがり、そして溢れそうになる。

「決まっている。君を僕の手で殺したくなかったからだ。王子として失格でも、人として、僕は間違った道を歩みたくない」

「……そのために、一生独り身でいる気か？」

妻子を持つ人生より、俺を、選んでくれるというのか？

冬霜が、心の中で問いかける。

「君がそばにいてくれるなら。それもいいと思っているよ」

「…………っ！」

力強い声だった。その声のもつ力に、冬霜はあらがえない。

あまりにも大きな喜びに襲われて、冬霜が顔を両手で覆った。

本当は、なにが正しいかわかっていた。

だが、正しさよりも、晨生といたいという想いを冬霜は選んでしまった。

「……晨生……………。おまえの気持ちが、本当に嬉しい。おまえのことを思うなら、喜んではいけないのに。これほどの厚情に、どうしたら報いられるだろうか」

晨生からは、もらってばかりだ。

命を助けられ、衣食住を保証された。友とさえ呼んでくれた。そして、自分の命を助けるために、後ろ盾に逆らい、妻子までも諦《あきら》めて……。

喜びと同時に、後ろめたさもある。冬霜は、なにも晨生に返せない。もっているのは、我が身ひとつ。冬霜には、それしか、ないのだ。俺が晨生のためにできることが、捧げられるものが、あるのだろうか？

そう思いつめる冬霜の背中が、ふっと温かくなった。

うつむいた冬霜の目に、卓子に置かれた晨生の両手が映った。

「君のすべてを僕にくれ」

一瞬、冬霜はなにをいわれたのかわからなかった。

「！　……それは………」

「わかるだろう？　僕がなにを望んでいるか」

わからない。そう心の中でつぶやいた冬霜の耳に信じられない言葉が飛びこんでくる。

「冬霜、僕は、君を愛している」

まさか、まさか。そんな……。そんなことが、あるはずがない。

冬霜は晨生の言葉を否定する。だが、心のどこかで「やっぱり」と思う部分もあった。

さりげなく触れようとしていた。妻子もいらないといった。

俺さえいればいいと……いってくれた！

それらはすべて、晨生が冬霜を恋慕しているのならば、腑《ふ》に落ちる行動だった。

「君以上に誰かを愛することはない。だから、君も僕に応えてほしい」

ここまで好いた相手にいわれて、ようやく冬霜は自分に向けられた愛を認めた。

晨生は、俺を選んだのだ。

他の誰でもなく、この俺を。

「晨生…………。俺なんかで、いいのか？　蒼萃の公子のおまえが選ぶ相手が、俺で、いいのか？」

嬉しさととまどい、なにより冬霜の自信のなさが、晨生にいわずもがなの問いをしてしまう。

胸をときめかせながら返答を待つ冬霜の髪が、晨生によってほどかれた。

白金の束を手に取ると、晨生は黙ってそれに口づける。

髪への口づけという求愛の仕草に、冬霜も晨生が心から自分をほしがっていると実感できた。

「晨生、俺は……俺のすべては、おまえのものだ。俺も、おまえを愛している。俺のすべてを、おまえに捧げよう」

晨生の腕の中で冬霜が身を捩《よじ》り、両腕を愛する男の首に回したのだった。

夕闇が空の帳を覆う頃、冬霜と晨生は夕食も摂らずに、牀で裸で抱きあっていた。

なんど唇を重ねたか数えられないほど口づけを交わした。

晨生にいくども舐められ、吸われた冬霜の唇は、濡れて、熟した枸杞《くこ》の実のような、鮮やかな赤に染まっていた。

「愛しているよ、冬霜。僕は、君さえいればなにもいらない」

まるで熱に浮かされたかのような口ぶりでいうと、晨生が冬霜の胸の飾りにむしゃぶりついた。

淡く色づいた乳輪を、もっと赤に染めたいといわんばかりに、晨生は吸いあげ、そして舌を這《は》わせる。

「………んっ」

度重なる口づけで、すでに敏感になっていた冬霜は、それだけの刺激に甘い声を漏らす。

「気持ちいい？　僕もね、すごく興奮してる。太廟で君とした後から、僕はずっと、君とこうすることしか考えていなかった」

「そんなに……俺としてよかったのか？」

体目当てなのか？　と尋ねることなど思いつきもせず、冬霜は感動に胸を震わせる。

「よかった。他の誰としたよりも。あんなに気持ちいい経験はしたことがない」

「そう、か……。俺も、晨生とした時、生まれて初めて、感じた……と、思う」

自信なさげに冬霜が答えたとたん、胸に軽い痛みが走った。

「そうだったのか⁉　だったらどうして、太廟での後、初めて目覚めた時、あんなことをいったんだ？」

「え？」

「覚えてない？　君は、僕とは二度としないといったんだ。性交は嫌いだってね。その時の僕の失望といったら……力をなくした時以来の衝撃だった」

わざとらしく恨めしげな声でいったかと思うと、晨生が朗らかに笑声をあげた。

「どうして、あんなことをいったのかい？　君は……僕にされて、こんなに感じているというのに」

晨生が、冬霜の股間に手をやった。

白金の陰りに覆われた茎は、晨生に触られる前から熱をもち、膨らみを増していた。やわやわと晨生に握られて、そこはもっと熱くなり、硬さを帯びてゆく。

「それ、は……」

「本当に君が性交が嫌いなら、僕は…………挿れるのは、我慢してもいいよ」

晨生が神妙な顔で提案する。その、なんとも情けない表情を見て、今度は冬霜が弾けるような笑い声をあげた。

「性交はあまり好きではない。それは本当だ。だが、おまえとするのは、別だ。……俺だって、気持ちのよいことは、したい」

晨生の肩に手を置いて、冬霜が艶めいた声で囁いた。

匂い立つような色気が冬霜から漂っている。その気に当てられたように、晨生の体が熱くなった。

「だったら、どうして？」

「……………どうしても、いわなければ、駄目か？」

自分が、永楽宮の女官と比べて、あまりにもみすぼらしかったから。

そう正直に答えるのは、恥ずかしすぎた。目元を赤らめ、冬霜が口元に手をやる。

「聞きたいね。君が僕を、拒絶した理由を」

晨生が冬霜の股間で手をうごめかす。膨らんだ陰茎、その裏筋を指で根元から先端に向かってなであげる。

「…………っ」

尾てい骨から快感がこみあげて、冬霜の肌が粟立つ。

「いって。早く」

今度は晨生が冬霜の耳元で囁き、そして、耳たぶを甘噛みする。

「ん……っ」

こみあげる快感に、冬霜が身を捩り、太ももを擦りあわせた。

「ねぇ、教えてよ、冬霜。僕は君のことを、なんでも知りたいんだ」

甘く切ない訴えに、冬霜のわずかなみえは、淡雪のように消えてなくなった。

「…………永楽宮の女官が…………あまりにも美しかったから、だ」

「それだけ？」

「あんなに美しい女人は、紫豫の王宮にもいなかった」

冬霜は、顔の造作ではなく、洗練された物腰やふるまい、知識や教養といった——蒼萃の文化そのもの——に、臆したのだ。

晨生から心を隠すように、冬霜が両手をあげて自分の顔を覆い隠す。

「それで……おまえは今まで、ああいう女人ばかりを相手にしていたのだ。そう思ったら……太廟で、おまえを気持ちよくしてやるとか……俺のいったことやしたことすべてが、恥ずかしくて……いたたまれなくなった」

「君はなにも恥ずかしいことなんかしていないよ」

「した、と思った。なにを俺は思いあがっていたのかと、後悔した」

「僕は、あの晩、あそこで……今まで誰としたよりも、興奮したし気持ちよかった。誰でもない、君を抱いたからだよ」

甲羅に頭や手足を引っこめた亀のように小さくなった冬霜に、晨生が柔らかな声で囁きかける。

「本当にね、気持ちよかった」

「……」

「また、君としたいと思った。これからは冬霜だけとしたいと思った。それ以外の人とは、君とする幸せを知ってしまった後では、考えられなくなった。……本当だよ」

蜜のような告白に、冬霜の体がゆるんでゆく。

晨生は冬霜の髪をなで、顔を覆う手の甲に口づけする。そして、おもむろに自分の茎を冬霜のそれに重ねた。

「……っ」

いつの間にかそれは、太さを増し、冬霜のそれと同じくらい熱くなっている。

「ねえ、感じる？」

「あぁ……」

晨生の熱を感じて、冬霜は心と体が甘く痺《しび》れてゆく。

俺と同じように、晨生が……。

ただそれだけのことが、とても、嬉しい。

力の抜けた冬霜を、晨生が抱き起こし、牀に向かいあって座らせた。抱きあうように体を近づけ、晨生は冬霜の手をとり、股間に導く。

ふたつの竿を握らせて「しごいて」と囁いた。

「一緒に気持ちよくなろう」

「………うん」

こどものようにいとけなく、冬霜がうなずく。

「一緒に気持ちよくなろうだなんて、いわれたのは、はじめてだ」

やはり、晨生は、他の誰とも違うんだ。俺に優しい。特別な人だ。

はにかみながらのつぶやきに、晨生が一瞬、複雑そうな表情になる。

「……僕とする時は、いつも、ふたりで気持ちよくなろう」

晨生は力強く語りかけると、冬霜の後頭部を抱え、優しく髪をすく。

「そうか……夢のようだな。でも、俺はたぶん、晨生にされたのなら、きっと、なにをされても気持ちよい。だから俺のことは気にせず、したいようにするといい」

冬霜は晨生の肩に頭を預け、うっとりと目を閉じた。

本当に、夢のようだ。こんな幸せが、いつまで続くのだろう?

辛酸を舐めてきた冬霜は、幸せであっても、つい不幸の足音を探してしまう。

晨生を疑っているわけではない。しかし、なにがあるかわからないのが人生だ。

幸せすぎて、怖いくらいだ。きっといつか、この幸せも泡と消える……そんな気がする。

ならば、今のうちに精一杯、自分にできることをしよう。

冬霜は両手を股間に入れて、晨生の性器を愛撫しはじめる。自分の方は、晨生に触れているだけで昂《たか》ぶっており、なにもしなくても体が火照っている。

冬霜の手の動きに、形をかえてゆく肉が愛おしい。

愛しさは欲望に形をかえて、冬霜の熱が、血が、股間に集まる。

「気持ちいいよ、冬霜。君が……僕をとても好きだってことが、伝わってくる」

晨生が冬霜の背に腕を回し、体を引きよせる。汗ばみはじめた肌が密着して、それだけで冬霜の肌が粟立った。

より敏感になった肌は、密着した晨生のわずかな動きや吐息にも感じてしまう。

晨生は、冬霜が愛撫をはじめると、牀の脇にある小型の橱《ちゅう》（戸棚）の抽出から小さな陶製の壺を取り出した。

「馴らすためにこれを使うよ」

軟膏《なんこう》入れらしい容器を見た冬霜の目は、すでに快楽で潤みはじめていた。

女性としか性交しない晨生の寝室にある軟膏が、ただの潤滑油のわけがない。

淡い黄色の軟膏の効能は、血行増進。粘膜を熱く火照らせ、感じやすくする作用がある。

苦労人であっても、どこか世間知らずの冬霜は、それが媚薬《びやく》と気づけない。

「ごめん」

申し訳なさそうにいうと、晨生が壺に指を入れ、たっぷりとそれをすくいあげる。

晨生は冬霜の尻を広げ、軟膏のついた指を秘部にやり、円を描くように塗りはじめた。

「……ん………」

油分を基剤にしているのか、軟膏は冬霜の熱でとけてゆく。晨生は、二度、三度と同じことをくり返した後、軟膏がついた指を、冬霜の左胸の淡い飾りになすりつけた。

ただそれだけの刺激に、冬霜の突起が硬くなる。柔らかだった肉の芽が形をかえると、晨生がそこを指先で摘んだ。

「うっ」

冬霜の唇から声があがると、晨生が冬霜の顔に顔をよせ、唇を重ねてきた。

「ん……ん、んん……」

熱い舌がするりと口腔《こうこう》に入ると、冬霜の胸が震えた。

尖《とが》った舌が冬霜の舌をつつき、象牙《ぞうげ》の粒を丹念に舐める。

あぁ……。あぁ、感じる。あの時と同じように。

生じた快感は、股間に集まり、甘い疼《うず》きとなる。

くちゅくちゅと淫靡《いんび》な音をたてながら、冬霜は、夢中になって晨生を貪《むさぼ》った。いつの間にか、手の動きは止まっていた。

冬霜が両腕を晨生の首に回し、体を密着させる。すると晨生が冬霜をあおむけに押し倒し、無防備な秘所に触れた。

「……ふ、ん……っ」

襞に指先で円を描かれると、冬霜の腰が浮いた。舌の動きが止まると、晨生が『どうしたの？』というふうに冬霜の舌裏を舐める。

「……っ」

その瞬間、冬霜は、体の芯《しん》から感じた。

もどかしさに似た感覚に煽られて、冬霜は柔らかい肉を吸いあげ、口の中に溜まった唾液を嚥下《えんか》する。

体液さえも愛おしい。晨生だったものが、俺に入って混ざりあうのだから。

そう思っただけで、強い酒でも飲んだかのように冬霜の体が熱くなった。

晨生の歯列を順に辿り、粘膜を舐め、尖らせた舌で舌先をつつき、生じた快感に肌を粟立たせる。

気がつけば、晨生の指が狭い穴に入っていた。すぼまりが広がり、粘膜で指を感じるだけで、冬霜は晨生がほしくてたまらなくなった。

「晨生……」

すっかり涙で濡れた瞳を晨生に向ける。先ほどまで愛撫していた晨生のソレは、いつの間にか完全にそそり立っていた。

「どうしたの、冬霜。馴らしがきつい？」

「いや……そうでは、ない」

蜂蜜のようにねっとりと甘い晨生の声に、冬霜が首を振る。

「じゃあ、どうしたの？……僕に、どうしてほしいの？」

意味ありげな口ぶりで晟生が尋ねる。

「それは……その……。んっ」

冬霜が答えを口にしかねていると、晟生が中で激しく指を動かした。

軟膏は、冬霜の中でとけて、粘膜を充血させはじめている。

敏感になったそこに、晟生が与えた刺激は、強烈な快感となって冬霜を襲った。

「あっ。……っ！」

牀の上で、陸《おか》にあがった魚のように、冬霜の体が跳ねた。

「あ、あぁ……」

冬霜の中で快楽の余韻が、鳴り響いている。

こんな……こんな、こんな………！

冬霜は後頭部をのけぞらせたまま目を見開いて、虚空《こくう》を見つめていた。

びくびくと襞が動いていた。冬霜の性器が屹立し、赤く染まった先端は、すっかり透明の蜜で濡れそぼっていた。

「……早く、おまえがほしい」

快感に煽られ、冬霜は無意識に色っぽい目を晟生に向け、肉棒に手を伸ばした。

熱くて太くて硬いそれを、やわやわと握りながら、上目づかいで晟生を見る。

「早く……ほしい。俺の中に、挿れて……くれ………」

冬霜の瞳が、興奮で色がかわっている。緑がかった青い瞳を、晨生が魅入られたように見つめていた。

「いいよ……僕も挿れたい。でも、待って。君の馴らしが……」

「準備が十分でなくても、挿れるのは慣れている」

悲しい言葉をこともなげに口にして、冬霜が微笑む。そして腰を動かし、股を開いて油で濡れ、赤く充血したそこを晨生に見せた。

「……ほら。もう、こんなになってる」

「冬霜……」

淫らな光景に晨生の陰茎が、冬霜の手の中で大きくなった。

翡翠《ひすい》の瞳となった冬霜の、淫らな仕草に興奮したように。

「あぁ、もう、君は……。どうしてそう、僕を煽るのが上手いんだ」

そうぼやく晨生の体からは、すでに欲情の熱が強く放たれていた。

「冬霜、君は、どういう体位が好き？」

「おまえの顔が、見られるのがいいな。晨生、おまえがイく顔を見たい」

「…………っ。それは、僕がいいたかった言葉だよ」

「俺も男なのでな。おまえが思うことは、俺も考えるということだ」

冬霜が晨生のそり返った肉棒の裏筋をねっとりとなであげた。

晨生がたまりかねたように首を振り、冬霜の体にのしかかる。

「本当に……。君みたいな人は、他にいない」

そういうと、晨生が冬霜の太ももを押し広げ、後孔を露わにした。

すぼまりの具合を確かめるように、二度、三度と切っ先でそこに円を描く。それから先端を当て、ゆっくりと冬霜の中に入ってきた。

「…………ん……」

亀頭がそこに触れただけで、冬霜の腰から力が抜けた。

熱くとろけた粘膜は、逞しい陽物の訪れを、固唾《かたず》を呑んで待ち望んでいた。

あぁ……きた。広がって……晨生を、感じる。

触れるよりもなお強く、晨生を感じた。ここで、こうやってしか感じられないなにかがある。

「晨生……」

「冬霜、痛みはどう?」

「ない。……むしろ…………気持ちいい。とても……」

内臓に異物を押しこめられる圧迫感すら、快楽だった。冬霜の先端から先走りが溢れて、赤い果実を濡らしている。

軟膏で潤ったそこは、貪欲に晨生の楔を呑みこんでいった。

「あぁ……あぁ……。晨生。おまえを、感じる」

冬霜がまばたきすると、目尻から涙がこぼれた。

熱い……熱い、熱い。すごい。こんな……。

晨生の男根に触れた場所が、火傷《やけど》をしたように熱くなり、白い肌を薄紅に染める。

血が、熱が、沸騰しながら股間に集まり、快感が喉元までせりあがってゆくようだった。

晨生の陰茎が進むたび、それを締めつけ、絡みつきたいという欲望に襲われる。

内壁で晨生を強く感じた時、それはどれほどの悦楽になるか。

だが……そうしたら、晨生が挿れられなくなる。するのは、全部入ってからだ。

荒い呼吸を整え、涙で瞳を潤ませながら、冬霜の手が夜具を摑んだ。

「んぁ……っ。あ、あぁ……」

「気持ちいいの、冬霜？　君、さっきからずっと喘ぎっぱなしだ」

「あぁ……。いい。よすぎて……んっ。イってしまいそうだ」

「いいよ。イって。……冬霜も気持ちよくなろうよ」

晨生はいったん動きを止めた。そこは、ちょうど冬霜の性感帯のある部分だ。

「君のいい場所は……この辺だったよね」

熱に浮かれた声でいったかと思うと、晨生が先端で中をかきまわした。

「っ！　っあ……っ」

　必死で堪えていたものが、そのふいうちで、あっけなく崩れた。

　白い粘液が、細い管をかけあがり、勢いよく吐き出される。

「あっ。……あ、あ……っ」

　白濁を吐くたびに、冬霜の唇から声があがった。冬霜の胸元から腹部にかけて、精液が飛び散っている。

　すべてを出し終えた冬霜が目を開けると、口元の緩んだ晨生の顔が飛びこんできた。

「すごく、いい顔だったね」

　晨生が幸せそうにいう。

「冬霜の気持ちよさそうな顔を見てたら、僕も、気持ちよくなりたくなったよ」

　そういって、晨生がぐい、と腰を進めてきた。射精による解放で弛緩《しかん》していた肉筒は、あっけなく晨生を根元まで受け入れた。

「――っ」

　いったん出して感度は鈍くなっていたが、それでも弱い快感が冬霜の体に響く。

「あ……晨生……っ」

　異様な熱に冒された体は、冬霜に休息を与えない。さらなる歓喜をねだるように、うねりながら晨生の陰茎を包みこんだ。

「……はぁっ。冬霜……すごい……いいよ……」

その言葉を示すように、冬霜の内壁で感じる男根は、熱く、そして硬かった。

晨生が、冬霜の具合を確かめるように、浅く抜きさしをはじめる。

鈴口が抜けそうなほど晨生が腰を引き、そして茎の半ばまで挿れる。それを数度くり返すと、冬霜の中をかきまわすように動かし、おもむろに奥まで突いた。

緩急をつけた愛撫に、冬霜は喘ぎ声が止まらなくなる。

「あ、ん……っ。あぁ、あ……っ」

散った熱が再び集まり、冬霜は後孔を――晨生を咥えた場所を――強く、意識してしまう。

もう、こんなに体が熱くなっている。……俺は、これほど……好き者だったのか。

晨生と交わるのはまだ二度目。身も心も感じるようになったばかりだというのに、これほど早く反応する自分が、冬霜は信じられない。

熱に引きずられるように、冬霜は腿《もも》をもちあげ、晨生の腰に絡めた。

冬霜の反応に、晨生が動きを止めた。そうして、嬉しげに口の端だけで笑うと、冬霜の股間に手を伸ばす。

「あっ」

晨生に性器を握られ、冬霜の腰が浮きあがった。

「あ……あ、あぁ……っ……」

握られて、軽く裏筋を擦りあげられただけで、再びそこが脈うちはじめる。

だめだ……。まるで、自分が、自分でないようだ……。

気持ちがよすぎて、思考がまとまらない。考えるより感じたい、と本能が訴える。

「晨生……。あぁ、晨生……」

冬霜が両腕を晨生の背に回し、そして肩胛骨に爪をたてる。

我を忘れて乱れる冬霜の姿に、晨生はうっとりした顔で腰を遣いはじめた。

「冬霜、よがってる君の顔……見ているだけで、興奮する」

「う、ん……っ」

陰茎と後孔と。近い場所を責められて、冬霜に答える余裕はない。

晨生が動くたびに、ぞわぞわと全身に震えが走る。晨生は、一度の交合で冬霜の性感帯を把握したのか、先端でそこを抉《えぐ》ってくる。

「んあっ。あ、あぁあ……」

そこを擦られると、粘膜がうごめき、うねり、熱くなる。内臓からとけてしまいそうなほど熱い。

そして、冬霜に包まれた楔も、熱を——それ以上に硬さを——増していた。

ふたりは、同じように熱く、昂ぶっている。

「晨生、いい。いい……。もっと……」

「うん、うん。……もっと、よくなりたいんだね」

肉と肉のぶつかる淫靡な音をたてながら、晨生が愛しげに囁きかける。

「僕も……早く、君の中でイきたい」

先走りと精液で濡れた冬霜の先端を、晨生の指が擦りあげた。

敏感なところへの刺激に、冬霜のそこから蜜が溢れ、そして晨生を締めつける。

「うんっ……っ。あ……っ」

柔肉の圧迫に、晨生が喘ぎ声を漏らした。

そして、冬霜の性器から手を放すと、膝立ちになり、宙に浮いた冬霜の両脚を抱える。

「さて、そろそろ終わりにしようか」

餓えた肉食獣のように、晨生が唇を舐めた。

そうか……晨生も、イくのか……。

快楽でとろけきった頭で、冬霜がそれを理解した。

にっこりと冬霜が微笑むと、それが合図のように、晨生が激しく腰を遣いはじめる。

「っ、あっ。……んっ。んん……っ」

前後に体をゆさぶられた。抜けそうになるたびそこがわななき、抜きさしのたびに性感帯を擦られ、冬霜の唇から声が出た。

もう、なにをされても気持ちいい。

晨生自体が快感の源であるかのように、冬霜は感じ、歓喜の涙を流し続けた。

「あぁ……冬霜。冬霜」

くり返し名を呼ばれ、無意識に冬霜が手をあげ、腰を摑む手を握った。

汗ばんだ肌の感触と、強く漂う晨生の汗の匂いが冬霜の胸を満たす。

「あ、あぁ……っ。っう……っ」

晨生の手の甲に爪をたてながら、冬霜が二度目の解放に至った。

白い粘液を吐き出すと、呼応するように、襞がうねり、肉の矛にまとわりつく。

晨生がうめき声を漏らすと、男根を冬霜の最奥へ叩きつけた。

「くっ。……っ。……ん……」

ひと声漏らすごとに、晨生が飛沫《ひまつ》を放つ。熱い粘液を感じて、のけぞった冬霜のまなじりから、快感と幸福で涙が溢れた。

射精を終えた晨生は、深く大きく息を吐き、そしてゆっくりと冬霜から竿を抜いた。

晨生の肉棒がなくなると、冬霜は甘酸っぱいもの悲しさを覚える。

もう少し、つながっていても……よかったのだが。

物足りない冬霜の両脚を、晨生が牀におろした。

「……ごめん。無理させたね」

晨生は軟膏をしまっていた櫥から布をとり出した。冬霜は、性交の余韻がまだ抜けきらず、喘ぎながら牀に横たわる。

その冬霜の股間を布で拭いながら、晨生がバツの悪そうな顔をした。

「さっきの軟膏……。あれには、血行をよくする効果があってね。催淫薬とまではいかないけれど、一種の……媚薬のようなものなんだ」

「……だから、俺の体がおかしかったのか」

「嫌だった？」

晨生が冬霜の腹部を拭いながら、上目遣いで尋ねる。

「嫌ではないが……。どうして、そんなものを使った？」

「他に、潤滑油がなかったからだよ。……あ、髪油でもよかったのか」

今頃になって気づいたという晨生の表情に、冬霜はおかしみと愛しさを覚えた。

晨生がなにをしても、俺は、許してしまうな。

そうして、冬霜はこの話は終わりだと示すように、胸元を拭う晨生の手を握ると、自分の口元に導いた。

「やっぱり、傷がついているな。すまない。夢中になってやってしまった。痛むか？」

「冬霜のつけた傷なら、僕にとっては痛みさえ、甘美な喜びになる」

「…………そうか」

晨生の言葉に、冬霜の頬が照れ臭さに熱くなる。

さすが、蒼萃の者は、いうことが違う。俺だったら「痛くない」か「平気だ」と返すのが精一杯だ。

文化ではなく個性の違いなのだが、冬霜はそう考えた。

そうして、体を浄めてくれた礼とばかりに、晨生の血の滲《にじ》む手の甲に舌を這わせた。

血と汗の味が、口に広がる。

それが晨生の体液だと思うだけで、冬霜は幸せな気分に包まれた。

冬霜の野生動物のような愛情を示す行為に、今度は晨生が息を呑む。

「君は気がついてないだろうけど、その仕草、すごく……いやらしいよ」

「そうか？」

「僕は冬霜がなにをしても、色っぽく感じるのかもしれないけどね」

晨生は苦笑して、冬霜の隣に寝転がり、あらためて白い手を握った。

「ねえ、冬霜。僕は、この永楽宮から出ていくことになるかもしれない」

「なぜ？」

「巨卿に逆らったから。彼は、敵とみれば容赦しない。僕が彼に敵対すれば、おそらく……関内侯爵をとりあげられ、どこか地方の領地を与えられると思うんだ」

「……なるほど」

晨生の説明を聞くうちに、冬霜の思考が明晰《めいせき》になってゆく。

「蒼萃の法では、領主となったらその土地に住まなければいけないんだ。だからこそ、関内侯爵という、国都に住む王族や貴族、官僚のための位があるのだけれどね」

「……俺が巨卿ならば……おまえを宥州に赴任させるな。それ以外にも、箕州《きしゅう》、常州《じょうしゅう》……とにかく紫豫と国境を接する、最前線に」

「僕も同感だ。僕と君への嫌がらせに、最適な場所だからね」

やれやれというふうに息を吐くと、晨生が冬霜の指に指を絡めて手を握り直す。

「どこも、かなりの辺境だけど、ついてきてくれるかい?」

「なにを馬鹿なことを。蒼萃国の辺境であっても、紫豫の国都と同じくらい栄えた土地だ。それに、俺はおまえのそばにいると決めた。おまえのいる場所が、俺の生きる場所だ」

「ありがとう、冬霜」

嚙みしめるようにいうと、晨生が冬霜の肩に顔を埋めた。

「晨生、おまえはそんなことを考えながら、俺としていたのか?」

「まさか。ただ……少しでも早いうちに確かめておかなければと思って」

それは、晨生の誠実さの表れだった。

冬霜は晨生のそういうところも、たまらなく好きだった。

——もし、俺が巨卿だったら——

晨生の艶やかな黒髪を見ながら、冬霜が考える。

巨卿ならば、晨生を辺境送りにした後、どうするか。それで満足してふたりを放っておくか、それともまだ手を出してくるか。

今のところは、まだ、わからない。だが、手出ししてくるのならば……俺が、この身を挺《てい》してでも、晨生を守ろう。

晨生とともにいるために、なんでもする覚悟が冬霜にはある。しかし同時に、本当に自分か晨生、どちらかしか助からない局面となったならば、命を捨てる覚悟もしていた。

けれども、そんなことになったなら、晨生はきっと悲しむ。

そして晨生を悲しませることは冬霜の本意ではなく、いかにしてそのような事態にならずに済ませるか、そのための方法を考えることに決めた。

だが、それは、今じゃない。

晨生の手が、冬霜の肌をさぐりはじめている。二度目の性交の誘いに、応じることを冬霜はなによりも望んでいたのだった。

冬霜が晨生の寝室で一晩を過ごしたことは、翌朝には、永楽宮で働く官人たちの間で、周知の事実となっていた。

それには、晨生が冬霜と恋仲になったことを隠す気がないことも後押ししていた。

これみよがしに宿直の女官を呼び、早朝から身を清めるための湯をもってこさせ、朝餉《あさげ》をふたり分、晨生の寝室に運ぶように指示もした。

湯を運んだ女官らは、晨生と冬霜の間になにがあったか、察したようだった。

たとえ牀《しょう》の周囲が幄《あく》で囲まれ、裸体の冬霜が見えなくとも、寝室に残る情事の気配は、あまりにも濃厚であった。

「晨生様、ほかにご用はありますでしょうか？」

そう尋ねた女官の声は、わずかにうわずっていた。

「なにもない。私が呼ぶまで、さがっていなさい」

いつもよりにこやかに晨生が応じると、女官らは頰《ほお》を赤らめて寝室を出ていった。

別の女官の手により朝餉が運ばれた時、晨生は自ら冬霜の髪を梳《す》き、紫紺の絹紐《きぬひも》で結わえていた。

公子という身分の者は、自分の身支度さえ自分でしないのが常だ。その公子が手ずから冬霜の世話をしているのだ。

ふたりがどういう関係で、晨生が冬霜を溺愛《できあい》していると女官に知らしめるに、これ以上の行為はない。

冬霜の白い肌が、羞恥《しゅうち》にうっすらと紅に染まる。

「……晨生、女官が見ている」

「あぁ、違うよ、冬霜。僕は彼女らに見せつけているんだ。僕の冬霜に、間違っても手を出さないようにね」

そういって晨生は笑顔になったが、その目は笑っていなかった。

「……蒼萃の垢抜《あかぬ》けた女人が、俺に興味をもつとは思えないが……」

「なにをいってるんだい。君は僕を夢中にしたじゃないか」

大真面目《おおまじめ》な顔で晨生が答える。冬霜は、どうしたものかという表情で口をつぐんだ。

本当に、冬霜は自分に魅力がないと思っているみたいだ。少なくとも、冬霜は同性にはとびきりもてるのだけれどもね。

紫豫兵、林宗、それに紫豫商人の杜、他にも蒼萃の将ら。あげればきりがない。

みな、冬霜にひとかたならぬ好意か厚意を抱いていた。

冬霜には、確かにそれだけの魅力がある。だから僕は、それがいつ、女性に発揮されるか気が気でない。

「ただでさえ恋敵が多いのだから、女性くらいは牽制《けんせい》しておかないと……」

晨生は真顔でひとりごちると、冬霜を誘って卓に向かった。

向かいあわせに腰をおろし、女官の給仕で食事がはじまる。

米の粥《かゆ》に汁物、香辛料を効かせた海鮮と野菜の炒《いた》め物に、揚げた魚などが食卓いっぱいに並ぶ。

食べるのもそこそこに、晨生は冬霜に話しかける。

「今日は、なにをして過ごそうか？　食事は美味《おい》しい？　なにか食べたい物はある？　そうだ、夕食は紫豫料理を作らせようか」

冬霜は苦笑すると、晨生の問いにひとつずつ答えてゆく。

「食事は旨《うま》い。特に食べたいものはないし、紫豫料理もまだ結構だ。蒼萃の方が、飯は旨い。……今日の予定は、おまえに任せよう」

冬霜が香辛料の効いた炒め物を口に運んだ。晨生は匂《にお》いが独特であまり好きではないが、冬霜は気にせず食べている。

「困ったな。僕は、君のためになにかしたいんだよ。とにかく、君を喜ばせたいんだ」

「ありがとう。では……青瑛見物ではどうかな。ほしい物がある」

恋人のおねだりに、晨生の顔が明るくなった。

「なにがほしい？　なんでも買ってあげるよ」

「その言葉に甘えさせてもらう。剣か矛……戟《げき》でもいい、とにかく武器がほしい」

「だったら、後で宝物庫に行こう。僕が産まれた時に献上された逸品が揃《そろ》っているよ」

「それは豪勢だな。だが、俺が欲しいのは紫豫製の武器だ」

「紫豫の……？」

「武器は国によってクセが違う。どうせ手元に置くなら、使い慣れたものの方が……いざという時、役に立つ」

冬霜が目を伏せた。

つまり、冬霜はいずれ——近いうちに——それが必要になると考えているのだ。そして、そう予想したことを晨生に申し訳なく思っている。そんな仕草だった。

「わかった。では、最初に杜の店に行こうか。彼なら、紫豫の武器を扱っている店を知っているかもしれないし、なければ譲ってくれるかもしれないからね」

「杜？　……毛皮商人の杜か？　驚いた。彼と知りあいだったとは」

「この間の北伐で知りあったばかりだ。彼も冬霜を知っているようだったけれど、どんな経緯で知りあったんだい？」

この問いで、晨生は冬霜が杜と知りあったきっかけを聞くこととなった。

紫豫の王族から入手を依頼された貴重な薬草をなんとか手に入れた杜が、商売敵の悪巧みで薬草を盗まれ、それを冬霜の率いる小隊の助けを得てとり返すという冒険譚《ぼうけんたん》だ。

晨生だけではなく、給仕をしていた女官も冬霜の話に聞き入り、途中からうっとりしたまなざしを冬霜に送るようになっている。

……早速、これだ………。冬霜、君は、ちょっとかっこよすぎる。僕以外の者が、君に惚《ほ》れてしまうじゃないか。

心配そうな目をした晨生に、冬霜がきょとんとして小首を傾《かし》げる。

その無防備な表情が、先ほどの冒険譚の主役とは思えないほどかわいらしく晨生の目に映った。

そうして食事が終わったが、結局、晨生と冬霜は青瑛に出かけることはなかった。

冬霜が、体調の不調を訴えたのだ。

目眩《めまい》、嘔吐《おうと》、そして発熱。

それは、突然訪れて、冬霜は自分の室に戻る暇もなく、晨生の牀に寝かされた。

「すまない……。青瑛に行く約束をしてたのに」

謝る冬霜の顔色は白蠟《はくろう》のようであった。

「なにをいってるんだい。今、医師を呼んだから、ここでおとなしく寝ているんだ。……ちょっと待って。遠征に行った時にもらった仙薬がある。あれを飲めば、少しはよくなるかもしれない」

晨生は錦の袋に入った仙薬を冬霜に飲ませる。

仙薬は効き目が高いだけに、蒼萃ではそれをもつ者を制限している。王族失格の烙印《らくいん》を押された公子の晨生には、自身が重病になった時くらいしか、入手できない。

——よかった。これが手元にあって——

仙薬を飲むと、すぐに冬霜の頬に血の気が戻った。

その頃になって、医師が到着した。医師は冬霜を診て、いくつか質問をすると、晨生に向かって「よろしいかな？」と含みのある口調で声をかける。

冬霜に、聞かせたくない話があるのだな。

それを察した晨生が、人払いをした上で、医師を隣の室へ誘《いざな》った。

「――毒を盛られたようです」

中年の医師が重々しい声で告げる。

「幸い、すぐ死に至る毒ではなかったようですが、女こどもや老人であれば、危なかったかもしれません。仙薬を飲ませたのならば今日の夜には本復するでしょう」

「仙薬がなければ？」

尋ねる晨生の声が震えていた。

「三日は床に着いたままかと」

「そうですか……」

医師は、冬霜のために薬を処方し、永楽宮を後にした。晨生は十分な金子を報酬として渡し、このことは内密に、と口止めした。

よほど気分が悪いのか、冬霜は目を閉じ、体を丸めて眠っている。痛々しい姿を目にして、晨生の胸が痛む。

なにに毒を盛ったのかは、わかっている。あの、炒め物だ。僕が箸《はし》をつけないことをわかっていて、あれに毒を盛ったのだ。

誰が毒を盛ったのか。厨房《ちゅうぼう》の者か、運んできた女官か、給仕をした女官か。いや、そんなことを考えても無駄だ。やらせたのは、おそらく、家宰の呂だ。

呂にそれを命じたのは、巨卿だ。巨卿は、あくまでも儀式で冬霜を殺すことに固執していた。だから、毒は死に至るものではなかった…………。

――毒を盛られたのは、警告だ――

このまま巨卿に逆らえば、次は晨生の番だ、と知らしめるための。つまり、今まで通り巨卿に逆らわない人形として居続けろという、要求なのだ。

「誰《だれ》が……」

ドスの効いた低い声で晨生がつぶやく。

誰が、唯々諾々と従うものか。こうなったら……大司空と手を組んででも、冬霜の身を守りきってみせる。

今まで晨生は、巨卿と決別し、辺境に領地がえとなったとしても侯派と手を組むと決めたわけではなかった。

ただ、冬霜とともにあればいい。それだけが、晨生の望みだったたから。

しかし、巨卿が冬霜に毒を盛り、晨生のささやかな幸せさえ踏みにじるつもりであるならば、話は別であった。

早急に、大司空と連絡をとらなくては。君房の娘を娶《めと》ることはできないが、それでも、笵派の勢力をそげるとなれば、冬霜の命は助けてもらえるだろう。

では、誰に君房との連絡役になってもらおう。……永楽宮の者は使えない。彼らは、みな、家宰の影響下にある。

晨生は、これまでの交友関係を思い出し、なんとか自分のため巨卿を敵に回しても君房への使者となってくれる人物を探した。

そうだ。いっそのこと、宴席を設けてしまおう。紫豫討伐で親しくなった将は、みな、国都に帰還し爵位をあげた。

その、祝いということであれば名分は立つ。笵派と侯派、特に林宗を呼べば、巨卿も怪しむまい。……そのために……僕は、なにをすればいい？

めまぐるしく脳内で計画をたてる晨生に、冬霜が声をかけてきた。

「……どうした？」

「起きたのか。……気分はどう？」

「毒を盛られたにしては、悪くない」

淡々とした冬霜の答えに、晨生が息を呑《の》む。

「どうして、それを……。僕はまだ、君になにもいっていないのに」

「俺は隷民だったのだ。それこそ、残飯や腐った飯、食べられるかどうかわからない野草まで、なんでも食べて生きてきた。それでも、ここまで体調を崩したことはない」

「………」

「その俺が、倒れたのだ。毒を盛られたとしか考えられない」

弱々しく微笑《ほほえ》むと、冬霜がまぶたを閉じて夜具から手を出した。

指先を手招きするように動かす。誘われるように晨生は手を伸ばし、冬霜の手を握った。

冬霜の手は指先までもが火のように熱い。

「おまえの手。冷たくて、気持ちいい」

「うん……。君の手は、熱いね」

「晨生、物騒なことは考えるな。悪巧みをしていますと、いっているような顔をしていたぞ」

「君がこんな目に遭ったんだ。僕が剣呑《けんのん》なことを考えるのも、しかたないよ」

「だとしてもだ。……俺はまだ動けない。その顔は、俺が立って歩けるようになるまでとっておけ」

いわれてようやく、晨生は自分のうかつなふるまいが、冬霜をさらに危険な目に遭わせる可能性に思い至った。

「わかったよ。気をつける。………他でもない、君の安全のために」

そういって、晨生が目を閉じた冬霜の手を握る手に、力をこめた。

俺のせいで、晨生にあんな顔をさせてしまった。

傷を癒《いや》す野生の獣のように、冬霜は体調が戻るまで、ひたすら眠り続けた。

しかし、たまに意識が戻ると、晨生の凶悪な表情が思い浮かぶ。

その晨生だが、冬霜への看病は、痛々しいほどにまめであった。

自ら冬霜の額を冷やし、汗を拭《ぬぐ》った。公子である晨生が、だ。

冬霜が目覚めれば常に晨生が手を握っていた。水分を摂《と》らなければといって、晨生が薬湯を匙《さじ》で冬霜の口に運ぶ。

晨生の真摯《しんし》な看護があってか、翌日になると冬霜は、本調子とまではいかないが、普通に歩けるところまで回復していた。

冬霜が床あげしても、晨生の過保護っぷりはかわらず、いつも冬霜のそばにいた。

食事も毒を警戒してか、大皿からふたりでとり分ける料理しか口にせず、冬霜にも口にさせなかった。

冬霜が、あまりにも過剰な警戒をする晨生に息抜きをさせようと、永楽宮の庭へ誘った。

冬空の下、寒さに負けず咲き誇る山茶花《さざんか》や椿《つばき》の花を愛《め》でながら、そぞろ歩きをする。

「……冬霜、僕は、君房と手を組もうと思う」

見晴らしのよい池のほとりで、晨生が冬霜の耳元で囁《ささや》いた。

冬霜の視界には、ふたりの様子をうかがうように掃除をする老舎人の姿が見えた。しかし、これだけ距離があれば、会話の内容は聞こえないだろうと冬霜が判断する。

「――そうか。おまえがそう決めたのなら、俺は、それに従うだけだ」

「生憎《あいにく》と、君房から宴の誘いはまだこない。だけど、僕らには時間がない。このままここにいたら、いつ、君の身に危険が及ぶかわからないからね。いっそのこと、僕らの方から君房に使者を送ろうと思う」

「……誰を使者にする気だ？」

冬霜が晨生の手を握り、顔を晨生の顔に近づける。

こうすれば、老舎人の目には、ふたりが愛を囁きあっているようにしか見えないだろうから。

そして、晨生から紫豫へ遠征に行った将を宴に招く計画を聞いた。

「悪くはない……と、思う。だが、問題は人選と、方法だ」

「宴の名目は、昇進祝いだ。全員に贈り物を用意する。冠や帯、佩玉《はいぎょく》などだね。その贈り物を納めた箱に、書簡を入れる。侯派の将が自宅に帰ってそれに気づけば、遅かれ早かれ、君房が王后からの使者をよこすなりなんなり、手を打ってくるだろう」

王后・少君は、前王・威豪の子にとって、母ということになっている。母からの使者を咎《とが》めることは、たとえ呂にもできはしない。

「そこまで考えていたのか。ならば、その使者が来た時には、房の前で見張りをしよう」

「悪いね。迷惑をかける」

「なにをいまさら。すべては、俺のためなのだろう？」

「……」

晨生はそれに答えなかった。答えるかわりに、冬霜を抱きしめる。

冬霜も晨生の背に手を回した。晨生の温《ぬく》もりが心地よく、そして愛《いと》しいと思った。

愛している。この男を。この世の、誰よりも。

そのことを、冬霜は実感した。

このままずっと、なにも起こらず、こうして日々を過ごせればいいものを――。

切なる願いを胸に抱き、恋人同士が抱きあう甘いひとときを邪魔する者が現れた。

「――晨生様」

女官のひとりが、晨生を呼びにやってきたのだ。

「ここだ。……どうした？」

「家宰からの伝言です。お探しになっていた道士が見つかりました。堂に待たせていますが、いかがしましょうか、と」

道士というのは、冬霜が力を使って記憶の淵《ふち》から探し出した向のことだ。

気のりしない顔で晨生が冬霜に「どうする？」と、まなざしで問いかける。

「会うべきだ。力をとり戻したいのだろう？」

「――今となっては、わからない。いっそのこと、力を失ったままの方がいいような気がしはじめている」

「なぜ？」

「……煩わしいんだ。すべてが。なぜみんな、僕と君を放っておいてくれないのか。力をとり戻したら、今よりもっと周囲が騒がしくなる気がしてね」

ゆっくりと主殿に向かって歩きながら、晨生が憂鬱《ゆううつ》そうに息を吐く。

「疲れているんだ、晨生。そんなことを思うのは今だけで、後になれば力をとり戻してよかったと思うようになる」

「そうかい？」

「気力が萎《な》えている時は、あまり先のことまで決めてしまわないことだ。人の心は移ろいやすいものだから」

嚙《か》みしめるように冬霜がいうと、晨生が「あぁ」と小さく返した。

庭と主殿の間で晨生たちを待っていた女官に、晨生は向道士を房ではなく、自分の室に案内するように命じた。

寝室ではなく、その隣、主に晨生が日中の時をすごす室だ。女官は奇妙な指示にけげんそうな顔をしたが、黙って晨生の言葉に従った。

「なぜ、室に？」

主殿に入る直前に、冬霜が尋ねる。

「永楽宮の者は、誰も信用できない。……向道士との話を、盗み聞きされたくないんだ」

策謀家の顔で語る晨生を、冬霜は悲しげに見やった。

戦場でさえ、晨生はこんな顔をしなかった。こいつがこんな表情をするようになったのは……、俺のせいか。

鴉《からす》に魂をのせていた時に見た、晨生の笑顔を思い出す。

冬霜と会う前の晨生は、品のよい穏やかな挙措の人物で、冬霜は晨生のまとう温かな空気に強く惹《ひ》かれたのだった。

かわってしまっても、まだ愛している。かえてしまったからこそ、愛しさは増した。

「俺も同席していいのか？」

「もちろんだよ。僕と君の間に隠し事はないからね」

そして、ふたりは室に行き、向道士の到着を待った。

「茶などいらんから、酒を出せ」

晨生の室にやってきた向道士は、開口一番、そういい放った。

還暦をとうにすぎ、髪も髭《ひげ》も真っ白な、いかにも仙道といった雰囲気の者がいうには、生臭すぎる発言であった。

「酒ですか。すぐに用意させましょう」

向を案内してきた女官が、晨生の言葉に即座にうなずく。

当然という顔をして向が椅子《いす》に座り、卓を挟んで晨生と冬霜が並んで腰をおろした。

酒が運ばれるまでの間、向道士はぶしつけな目を晨生と冬霜に向け、そして「ふん」と気に食わなさそうに鼻を鳴らした。

「……そなた、奇妙な力を使うな」

冬霜を一瞥《いちべつ》し、看破する。

これにはさすが道士と、晨生も認めざるをえなかった。

自分から探したにもかかわらず、今の晨生は向に対する興味を失っていた。やる気のなかった晨生は、向の言葉に目が覚めた気分だった。

「隠さんでもいい。そなたの体内を流れる気が、普通の者とは違う。儂《わし》ほどの道士が見れば、明白すぎるほど明白なことだ」

「俺の母は、異界人だ。気が人と違うのは、そのせいでは？」

「珍しい。そなたは異界人の子か。そういわれれば、そのような姿をしているな」

向は、冬霜の外見をまったく気にしていなかったらしい。

自由気ままな向の言動に、冬霜が苦笑する。

「……どうだ、そなた、儂とともに仙道の修行をしないか？」

「えっ？」

「…………なっ!!」

突然の勧誘に、冬霜が目を見開き、晨生が険しげな表情になる。

「そなたの気は人というより獣……自然そのものに近い。そのような気をしていて、塵埃《じんあい》の世に生きるのは、さぞやつらかろうよ。儂とともに憂き世を離れてはみんか？」

「駄目だ。そんなこと、僕が許さない」

気色ばんだ晨生が口を挟むと、向がそっけなく言葉を返した。

「公子よ、儂はそなたには聞いていない。――どうするね？」

「お誘いは嬉《うれ》しいが、断らせていただく。俺はまだ、人の世に未練がある」

冬霜は答えながら、隣に座る晨生の手をそっと握った。

心配するな。

冬霜の手の温かさが、そう晨生に告げていた。

そうして、酒と茶が運ばれて、向道士は相好を崩して酒杯を手にする。

向が酒を一杯聞こし召した後で、晨生が口を開いた。

「――そろそろ、道士を呼んだ用件を、話してもよろしいでしょうか？」

「かまわんよ。旨い酒の礼だ。なんでも聞きたいことを聞くがよい」

晨生になにをしたか覚えているだろうに、向には、まったく悪びれた様子がない。

「あなたは王太后の離宮の桃園で、私に会ったことがある。そうですね？」

「ある。……もしやと思ったが、思い出したのか」

驚いたという顔で向が晨生を見て、それから冬霜を見た。

「なるほど、そなたの仕業か。それで？　儂に恨み言でもいいたいのか？」

「違います。あなたは私から力を抜いた。なぜ、そんなことをしたのですか？　誰に頼まれてそのようなことを？」

「……悪いが、その問いには答えられん。依頼主に秘密を厳守する約束をしたのでな」

「あなたは先ほど、なんでも聞いてよいといったではないですか」

「なんでも答える、とはいっておらん」

そらっとぼけた顔で向が答える。

この食えない道士め！

心の中で罵《ののし》ると、晨生は息を吸い、心を落ち着けた。そして、椅子から立ちあがると、宴のために用意していた黄金の入った小箱をとりに行く。

「むろん、無料で、とは申しません。……これを」

晨生が小箱から十斤を取り出し、向の前に置いた。向は黄金を横目で見やる。

「依頼主からの謝礼は、百斤だったぞ」

「……では、私も百斤出しましょう」

箱の中に入っていたのは、ちょうど百斤だったので、小箱ごと晨生は卓に置いた。

「それだけでは足りないでしょうから、今お出ししている酒を、瓶《かめ》ごと進呈しますよ」

晨生の大盤ぶるまい——酒を瓶ごとという言葉——に、向が目の色をかえた。

「この酒を！　瓶ごとというのは、まことだろうな!?」

「もちろんです。それで、あなたの口か滑らかになるのならば」

「その言葉、違《たが》えるなよ」

晨生に念押しすると、向が酒壺《さかつぼ》から柄杓《ひしゃく》で酒をすくい、杯を満たした。

「……さて、これから儂はひとりごとをいう。それをどう思うかは、そなたらの自由だ」

あくまでも向は依頼人に対してけじめをつける気のようであった。形式だけのこととはいえ、それが、向なりの筋の通し方なのだろう。そう晨生は思った。

ずうずうしく厚かましいが、憎めない御仁だな。

杯を一息であけると、向の頬が酒精で赤く染まった。

「昔、どこかの国にふたりの王子をもうけた王がいた。王子はそれぞれ母親が違い、周囲はどちらが王太子になるかで二派にわかれて争っておった」

王子ふたりとは、俺と延寿のことだな。晨生が心の中でつぶやく。

「兄の王子は幼い頃から不思議な力を発揮していた。それに対抗するように、弟王子にも、様々な逸話が流布された。だがしかし、本当は、弟王子は、なんの力ももっていなかったのだ」

「――なっ！」

延寿が、なんの力ももっていなかった、だと？

「弟王子は、母親にそっくりで、それ以上に母の兄に似ていた。まるで、実の息子のように。父親の種は知らぬが、王族の血を引かぬ者に不思議な力は伝わらない。……つまりは、そういうことであったのだろう」

淡々と向はひとりごとを続ける。

晨生は恐るべき真実を知らされて、全身を雷に貫かれたような衝撃に襲われていた。

それでは……延寿は、父の子ではないと。いや、少君と君房の間にできた不義の子だったというのか!?

王の妻が密通しただけでも重罪であるのに、その上、相手が実の兄とは。その一事をもってしても、侯派を追い落とせる醜聞であった。

「困り果てた王の妻は、年を経るにつれ。恐怖に襲われるようになった。王子の成人前は、嘘《うそ》の噂《うわさ》で誤魔化《ごまか》せようが、成人の儀では不思議な力を示さねばならないのだから。……このままなんの手も打たなければ、自身も、最愛の子もいずれ真実が判明し、死罪となるか、罪人として隷民に落とされるやもしれん。それは、心弱い王の妻にとって、どちらも、想像するだに耐えがたいことであった」

「……それは、弱いのではなく、ずるいのではないか？」

ぼそり、と冬霜がつぶやいた。すると、向が慈愛に満ちたまなざしを冬霜に向けた。

「弱いからこそ、ずるくなるのだ。……それに、彼女は十分な罰を受けた。最愛の子が、真実に耐えかねて自ら命を絶ったのだ。王となるその直前にな」

「では、弟は——延寿は、自殺した、と——？」

「儂は、亡くなった王太子の話はしておらんよ。あくまでも、昔話だ」

柔らかい口調で晨生をたしなめると、「さて」といって向が酒を口にした。

「次第にふさぎがちになる妹を見て、兄が一計を案じた。ないのなら、あるところから奪えばよい、と。それが兄王子であったのならば、弟王子が王太子となり、一石二鳥とな」

「!!」

では……では、黒幕は君房だったのか！

一瞬で晨生の全身に怒りがこみあげてくる。

憎い。憎い、憎い憎い憎い。君房が憎い。

許さない。許さないぞ、君房。なにがあっても絶対に、僕はおまえを、許さない。

憎い。許さない。憎い。憎い。

どす黒い怨嗟《えんさ》で晨生の心が塗りこめられる。

晨生は目を見開き、うつむき、膝《ひざ》の上で手を拳《こぶし》づくった。微動だにせず、心の中で君房に対する恨みを募らせる。

「晨生……」

すぐ隣で冬霜が心配そうな声で晨生を呼んだが、それにも気づかないほど、晨生は憎しみの虜《とりこ》になっていた。

「……後のことは、いわずともわかるだろう？　兄は道士を呼び、兄王子から力を奪い、弟王子につけかえたのだ」

「少々待ってくれ、聞きたいことがある」

彫像のように動かなくなった晨生のかわりに、冬霜が向の相手をする。

「なぜ、道士はそのような話を受けたのだろうか？」

「――それは、王の妻とそのこどもが、あまりにも憐《あわ》れであったからだ」

「力を奪われた兄王子は、憐れではないと？」

「少なくとも、殺されることはない。そう道士は思ったのだろう。力を発揮した兄王子は、間違いなく王の子なのだ。公子となり、それなりの処遇を受けるだろうとわかっていた。だが、弟王子が力を発揮せぬままでいれば、いずれ真実が露呈し、命を失ったであろう。たとえ不義の子として産まれたとしても、子に、罪はない」

「………そういう、ことか。確かに、弟王子に咎はない。が………」

冬霜は向のいいぶんに、納得できないという顔をした。

「それでもやはり、俺は、その母親も母親の兄も、許せない」

「彼らを許す必要は、そなたにはない」

憤懣《ふんまん》やるかたないという冬霜に、向が穏やかに返す。

「もうひとつ、道士は、王族でない者が王位につくことを、どう思っていたのか？」

「それがそうなる定めであれば、そうなるであろう。王位は、人の作ったものだ。儂には、どういう結末になろうが、それが元々の定めであったと思う」

「ずいぶん、いい加減だな」

「なにをいう。そなたも内心では儂に同意しているのではないか？　人の世の決め事は、しょせん、それだけのものと。儂は道士だ。無位無冠のな。人より、もっと大きな流れの中に身を置いている」

「………だが、俺は………それでも人でありたい」

向の指摘に冬霜が口をつぐみ、そしてぽつりとつぶやいた。

「偉そうなことをいうても、儂もまだまだ人としての執着は捨て切れておらんよ。金も女も興味はないが、酒だけはどうにも……」

向が心底旨そうに酒を呑んだ。人である己も冬霜も、そのありようを許すように。

「人であることに倦《う》んだら、儂を訪ねるがよい。儂はしばらく青瑛を出て、西方の霊山にこもる。青瑛は——藍宝城か——しばらく、騒がしくなりそうなのでな」

「……待ってくれ。力を奪うことができるのならば、俺の力を消すこともできるのか？」

「それはできぬ」

「なぜ？」

「そなたの力は、そなたの意志と結びついている。兄王子の力を奪えたのは、力の源が精霊だからよ」

「精霊……？」

力はあっても、仙道についての知識のない冬霜が小首を傾げる。

「蒼萃初代国王は、木行の精霊の加護を受けていた。そこで、精霊と血の契約を結んだのだ。子孫に必ず精霊が宿るようにとな。精霊は、人にとって異物。わかつことは不可能ではない。そなたの力はそなたそのもの。大きな違いは、そこだな」

「わかったような、わからないような……。では、その精霊というのは、兄王子から弟王子に移されたというが、弟王子の亡き後、どこに行ったのだろうか？」

「元に戻った。今は、兄王子の中に宿っておろうよ」

「…………僕の中に、精霊が？」

ここにきてようやく、晨生は外に意識を向ける余裕ができた。

晨生が憎悪に染まった目を向にむける。

「そうだ。精霊は元々そなたについている。今は、そなたの中におるよ」

「いるといわれても……実感がない」

答えながら、晨生が『雨よ降れ』と、強く命じてみる。

以前ならば、そのように念じただけで、ひと呼吸する間に、天から雨粒が降ってきた。

ひと呼吸、ふた呼吸。待ってみたが、晨生の耳は雨粒の音をとらえない。

「実感がなくとも、おるのだよ。……いずれ、わかるだろう。さて、儂はそろそろお暇《いとま》させてもらうとするか。旨い酒を、ゆっくり楽しみたいのでな」

最後に向が、酒壺を両手で抱え、直接口をつけて中身をすべて飲み干した。

晨生は女官を呼び、向を送るようにと、酒を瓶ごと土産《みやげ》として渡すよう申しつける。

「では、冬霜とやら。儂はいつでも待っておるぞ」

そういい置いて、向は室を出ていった。

その頃には、晨生が雨を降らせるよう精霊に命じてから一刻はすぎていたが、空には雨雲ひとつ浮かんでいなかった。

――やはり、力は戻ってなどいなかった。精霊というのも、本当にいるのかどうか――

あっさり晨生はそう結論を出した。

今は、力が戻ることよりも、もっと重要なことがあった。

冬霜とふたりきりになると、晨生はすがりつくように恋人を抱きしめる。

「冬霜……。僕は、君房が許せない。巨卿よりもずっと、僕は、あの男が憎い」

「そうか。そうだろう……。それで、当然だ」

冬霜は晨生の背中に手を回し、優しく背中をなでる。

しかし、晨生の憤りはそれくらいでは収まらず、体の内側を溶岩のように熱くたぎったなにかが渦巻いていた。

「あいつらは、卑怯《ひきょう》だ。延寿が亡くなって、僕に力が戻ることを知っていたから……僕が力をとり戻せば次の王になるとふんで、僕にすりよってきたんだ」

「力は、戻ったのか？」

「いいや。雨よ降れと命じたが、雨は降らなかった」

晨生の答えに、冬霜が櫳《まど》に首をめぐらした。雨が降っていないことを確認すると、黙って晨生の背を励ますように軽く叩《たた》く。

「……君房は、僕が巨卿に見捨てられていたから、ここで恩を売り娘を嫁がせれば、巨卿にかわって僕の後ろ盾になれると計算したんだ。人を馬鹿にするにも、ほどがある!!」

晨生が、血を吐くように絶叫する。

力を奪った張本人とも知らず、王になった自分が君房に恩義を感じ、その娘を妻にし、舅《しゅうと》として仕えることを考えただけで、晨生の全身が震えるほどの怒りに満ちた。

「だからといって、いまさら、巨卿を頼るのも嫌だ」

「そうか」

「冬霜。君は、巨卿にも君房にも頼らずどうする気だ。……と、聞かないのかい？」

「今はまだ、それどころではないだろう？　まずは、おまえが落ち着いて、頭を冷やして、考えるのはそれからだ」

「僕の頭は、当分、冷えそうにないよ」

これほどの激情を抱えるのは、産まれてはじめてだった。

なにかに怒りをぶつけずにはいられない。

壁を殴るのでも、椅子を蹴《け》りつけるのでもいい。しかし、今、晨生の目の前にいたのは、冬霜だった。

冬霜の青い瞳《ひとみ》が、うっすらと緑にかわっている。

あぁ、冬霜も怒っているのだ。自分のことのように、怒りを覚えているんだ。

緑の瞳を見ると、晨生の脳裏に冬霜を抱いた記憶が蘇《よみがえ》る。

怒りは簡単に劣情へと変化した。

こみあげるそれを解放するには、それをする以外になくなっていた。

「冬霜……っ」

晨生は噛みつくように冬霜に口づけると、そのまま冬霜の上半身を卓に押し倒した。弾みで茶器が倒れ、茶碗が床に落ちる。

晨生はそれも目に入らず、赤い唇を吸いあげながら、冬霜の襟を割り、内衣の中に手を入れた。

冬霜の体に触れると、嫌な熱が消えてゆくようだった。

胸を探り、小さな突起を摘《つま》むと、苛立《いらだ》ちがおさまっていった。

晨生の中で起こる変化を察しているのか、それとも男の生理を熟知しているからか、とにかく冬霜は逆らわず、なすがままになっていた。

「晨生、病みあがりだから……あまり、手荒くはしてくれるな」

冬霜が小声で囁いた。

「うん。わかった。……ごめん、冬霜」

「いいんだ。おまえは、俺に、いくらでも甘えていいんだ」

晨生の黒い髪をなで、甘やかに冬霜が返す。

その声を聞いて、晨生は自分が情けなくなった。

こんなふうに、愛する人に甘えてしまう自分が。なにより、巨卿や君房に追いつめられてしまった自分の無力さが、耐えがたかった。

「僕は……僕は、もう嫌だ。こんな無力な自分が厭《いと》わしい。もうすべて、投げ出したい！」

晨生は再び冬霜に口づけ、そして内衣の中を探り、白い肌をなで回した。

獣のように劣情の赴くままに、冬霜の唇を舌で割った。温かな粘膜の中に隠れた柔肉を舌で捕らえ、絡めとる。

「ん……」

こんな愛撫《あいぶ》でも感じるのか、冬霜の体が火照《ほて》りはじめている。

胸の飾りは、わずかの刺激に硬くなり、その感触を楽しむように、晨生がくり返し指の腹で円を描く。

口づけを受けながら、冬霜は自分の帯に手をかけていた。

好きなだけ、貪《むさぼ》るといい。それでおまえの気が済むのなら。

そんな冬霜の声が聞こえた気がした。

僕は、本当に、愛されている。

その実感に、晨生のなにか——最後の最後に残っていた矜持《きょうじ》か——が、脆《もろ》く崩れた。

「ねえ、冬霜。君は、どこまでも僕についてきてくれるか？」

冬霜の首筋、白い肌に浮かんだ劣情の痕《あと》を吸いながら、晨生が尋ねる。

「あぁ。もちろんだ」

甘い吐息を漏らしながら、冬霜が答えた。

「それが、他国であっても？」

冬霜の体が、一瞬、強《こわ》ばった。そして、晨生の背中に腕を回して抱きしめる。

「どこへでも、ついてゆく」

どこまでも甘く優しい声が、晨生の鼓膜を震わせた。

「ありがとう。……僕は、もう蒼萃にはいたくない。いっそのこと、他国——朱豊——に、亡命しようと思っている」

優しい腕に抱かれながら、晨生が囁いた。

「朱豊なら、国王の寵臣《ちょうしん》が異界人だというし、きっと僕らを受け入れてくれるだろう」

「………そうか」

冬霜の声に、ほんのわずかに憐れみの色が含まれたが、晨生はそれに気づかない。

「なんとかして、青瑛を出て、東方の津（港）に行こう。朱豊には陸路でも行けるけれど、海路をとった方が早い」

「わかった」

ずさんな計画にもかかわらず、冬霜が従順にうなずく。

晨生は冬霜の裳《も》の帯をほどいた。かすかな衣擦《きぬず》れの音とともに裳が床に落ち、冬霜の白い脚が顕《あらわ》れた。

晨生は床にひざまずき、そのまま冬霜の両脚を抱えた。ふくらはぎをなで、内ももに頬ずりし、そして脚のつけねの柔らかな皮膚に口づけをする。

「……あぁ……っ…………」

卓にひじをつき、冬霜が上半身をのけぞらせた。

感じている、と示す仕草に、晨生が下穿《したば》きの上から冬霜の局部に唇をよせた。

熱い息をふきかけると、布の中で変化があった。

「感じてる？　気持ちいい？」

「あぁ。あぁ……っ」

すでに冬霜の目は潤みはじめていた。腰を揺らめかせ、そして晨生の顔に突き出すように押しつける。

「もっと気持ちよくなりたいんだ。僕もだよ。僕も、君の乱れる姿が見たい」

敵に囲まれ、意に染まぬことばかり起こる晨生の、たったひとりの味方で、たったひとつ意のままになるのが冬霜だった。

それゆえに、晨生は冬霜にのめりこみ、溺《おぼ》れ、その肉を貪らずにはいられなかった。

無茶な計画だ。ずさんすぎて、晨生らしくない。
晨生から亡命——逃避行——の計画を聞いた冬霜は、まっさきにそう考えた。

それでも「わかった」とうなずいたのは、晨生に余裕がなかったからだ。

ここで異を唱えて、俺まで晨生を追いつめることはない。

晨生が本気であるならば、後できちんと計画をたてればいい。今は、とにかく全身全霊で、傷ついた恋人を受け留め、そして支えてやりたかった。

晨生の余裕のなさは、その行為にも現れていた。

寝室でも牀でもなく、着衣のままというのは、二度しか肌を重ねたことはなくとも晨生のやり方でないことは、冬霜も感じていた。

晨生は室で一度、それから寝室に移動して二度、冬霜の中で達すると、ようやく人心地がついたような顔になった。

「……気が済んだか？」

牀に横たわり、大きく息を吐いた晨生に、冬霜が声をかけた。

冬霜は上半身を起こすと、晨生の髪を一度なで、そして牀の端に追いやられていた夜具で自分と晨生の下半身を覆った。

髪を結った絹紐がほどけ、冬霜の髪が肩や背に落ちかかっている。

「冬霜、ごめん。無理をさせた……」

「八つ当たりなのは、わかっている。今日だけは許してやるからな」

「そんなことといっても、結局君は、僕がなにをしても許してくれるんじゃないか」

「さて、どうかな。……あまり無体なことをされたら、いずれ一発くれてやることになる」

「それは怖い。君に殴られたら、僕はその場で昏倒《こんとう》しそうだ」

「三発はもつだろうさ。……ちゃんと、そうなるように手加減する」

兵士として、人間の急所を知りつくした冬霜が、そういって笑ってみせる。

「晨生、先ほどの話だが……。地図を見せてくれないか？」

「地図？」

「生憎と、俺は、蒼萃の地理には不案内でな。蒼萃の童子が知っているようなことも、俺は知らない」

「……ちょっと待ってて。隣の室に地図があるから」

晨生が裸のまま寝室を出ていった。先ほど向を招いた室と寝室は、廊下に出ずとも直接行き来ができるようになっている。

戻ってきた晨生は、巻物状の地図を小脇《こわき》に抱え、水差しと杯をのせた盆を手にしていた。

「はい。ご要望の地図だよ」

晨生が牀に地図を広げた。地図はかなりの大判で白絹に絵の具で川や山地などが描かれた、豪華な物だった。

「これはすごい。まるで美術品だ。……さて、国都はここか……」

冬霜が見たところ、蒼萃は右上が高い、いびつな平行四辺形といった形をしていた。中央からやや右下——東南——に国都・青瑛はあった。

朱豊とは蒼萃の南部で接しており、青瑛から馬で三日ほど離れた地に、大河の注ぎこむ河口と津があった。

そこから船に乗って海路をとれば、晨生のいう通り、一番早く朱豊に到着するだろう。だが、そんなことは、追手もすぐに考える……。せめて、この津が馬で一日の距離であればよかったのだが。

追手が誰かはわからない。巨卿か、君房か。

いずれにせよ、巨卿は国王の姻族というだけではなく、若い頃から戦地を踏んだ猛将として周辺諸国でも名が知られている。

冬霜も巨卿の噂は耳にしており、その巨卿の補佐に林宗がつくと考えると、晨生の計画はあまりにも幼稚だと、あらためて思った。

大河の上流を見ると、西の果てが水源地となっていた。その近く——といってもかなり離れていた——に、違う水源があり、そこから流れ出た水は、蛇行しながら東南方向へと進み、朱豊領内へと注ぎこんでいた。

ふたつの川の間には、見るからに険しい山々が書きこまれている。

「晨生、この山脈の高さはどれくらいだ？　道はあるのか？　人は住んでいるのか？」

「え……？　この山脈は朱豊との国境いの山だね。人は住んでいると思うけど、道は……どうだったかな……」

「晨生は地理に疎い方か？」

「そんなことはないよ。僕は、蒼萃の王宮では、博学で知られている。普通の人よりは詳しいけれど、ここは戍兵《じゅへい》さえろくに詰めていない辺鄙《へんぴ》な地なんだ。あまりにも険しい山々だから、蒼萃も朱豊も――過去なんどか戦があったけど――山越えをしての侵略は、したこともないしされたこともない」

「……………それほど峻厳《しゅんげん》な山脈、ということか」

国都の王宮では道さえ知られていない。だが、この地を守る兵はどうだろうか？　辺境を警備していた冬霜は、領内のことを、裏道や間道に至るまで、掌《たなごころ》を指すように知っていた。

「僕の計画に、なにかまずいところでもあったかい？」

「……晨生、俺は、辺境で盗賊退治を仕事としていた。任務の中には、関を通らずに行き来する盗賊の捕縛も含まれていた。だから、この手のことには、かなり詳しいと思う。……どうだろう、晨生、俺に計画をたてるのを、任せてはくれないか？」

「…………」

冬霜の申し出に、晨生は眉《まゆ》をよせた。

自分が無能だといわれたようで、不快に思っている顔だった。

しかし、すぐに表情を改め、深く息を吐き「わかった」と口にする。

「どう考えても、君の方が、この件に関しては有能だ」

「ありがとう、晨生。他のことならまだしも、これは、命がかかっている。万が一にも失敗できない。だからこそ、おまえの矜持を傷つけるようなことも、あえていった」

「傷つかないよ。……だって、事実だからね」

正直に実力不足を認めたものの、晨生は、少しばかり拗《す》ねているようであった。

好きな人の前で、いい格好をしたいのは、男の性《さが》だ。それがわかっている冬霜は、にっこりと晨生に微笑みかける。

「晨生、おまえがなんでもできる必要はない。俺にできないことが、おまえにはできる。逆もまた真なり、だ。だから、ふたりで助けあおう」

「君にできなくて、僕にできること……？」

「例えば、旅先での交渉だな。俺は、このなりだし……口調も態度もいかにも武人だ。おまえなら、商人のふりをして旅先で食糧を請うのも、話しかけてくる者の相手をするのも、俺より何倍もうまくやれるだろう」

「………わかったよ。僕は、僕にできることをする」

おだてられて、すぐに晨生が機嫌を直す。

まったく、本当にかわいらしい。俺の晨生は。

「そうだ。軟膏《なんこう》もたっぷり用意しなくてはね。男同士の性交用の潤滑油なんて、そうそう旅先で手に入らないだろうし」

「…………そうだな」

こういうところは、かわいくないな。

人目を忍ぶ旅なのを、わかっているのか？　と、突っこむかわりに、冬霜は内心でため息をついた。

地図をじっくり見終えた冬霜に、晨生が水の入った茶碗をさし出した。

木々が多く、水の豊かな蒼萃は、井戸水も甘くて涼やかだ。紫豫の地下水は塩分が強く、飲用にも農業にも適さない井戸水ばかりなのとは、大違いであった。

「これが、精霊の加護を得ている、ということか……」

そう心の中でつぶやいた瞬間、冬霜の頭の中に逃亡計画の概略が閃《ひらめ》いた。

……これでいける、という確証はない。しかし、これしかない。

「晨生。だいだいだが、計画ができあがった」

「どんな計画だい？」

「まずは、おまえに俺を捨ててもらう」

「――えっ!?」

予想外の言葉だったのか、晨生が目を丸くした。

「君を捨てるって、どういうこと？」

「簡単なことだ。男と性交するのは飽きたでも、俺がおまえに対して放言し、愛想がつきたでもいい。とにかく、しばらくの間、俺に冷たくふるまえ」

「…………なんでまた。よりによって……。そんな手段を思いつくんだ？」

情けない顔で晨生がぼやいた。

冬霜はひたと晨生を見すえた。青の瞳のまなざしで、本気だと晨生に告げる。

「亡命するのならば、何年か暮らせるていどの大金をもってゆく必要がある。そして、旅をするにも食糧や馬や衣服などがいるだろう？　俺への手切れ金ということにすれば、それらは呂に怪しまれることなく、ここからもち出せるからだ」

「……そういうことか。確かに、理屈は通っているけど……しかし……」

「任せたぞ、晨生。しっかり俺を嫌いになった演技をしてくれ。おまえなら、きっとできる。俺はそう、信じている」

訥々《とつとつ》とした励ましの言葉に、晨生が深くうなずいた。

どうやら、やる気になったようだな。

それでいい、といわんばかりに冬霜がうなずき返し、そうして、朱豊への亡命計画を語りはじめた。

晨生が冬霜を嫌いになったふりをしてから三日がすぎた。

主《あるじ》の動向に敏感な官人が、冬霜を心配げに見つめ、またある者は冷眼を向けるには、十分な時間であった。

「晨生は、よくやっている」

もの寂しげな風情で、庭の池のほとりにひとりたたずみながら、冬霜がつぶやいた。

晨生には「俺を見た時は、君房か巨卿を思い出せ」と、あらかじめいってある。

その甲斐《かい》あってか、晨生の演技力のたまものか、冬霜は永楽宮で孤立するようになっていた。

晨生は呂に、俺への手切れ金を用意させている頃か……。

金を一櫃《ひつ》、質素な——それでも冬霜の目からすれば十分に豪華な——衣服、生活に必要な什器《じゅうき》に、それらを入れる大きな櫃といった具合だ。

手切れ金にしては、金が多すぎるか……。その点を、呂に怪しまれないといいが。

今のところ、それが冬霜の一番心配な部分であった。

晨生が冬霜に、房ではなく、寝室の隣の室を与えたことが、ここになって生きてきた。

主殿の奥座敷に位置する室は、室同士でつながっていて、廊下に出ずとも行き来が可能なのだ。

毎晩、晨生は自分の寝室の牀で三刻（約一時間）ほど体を横たえてから、冬霜の室を訪れる。

そして、朝までふたりきりですごすのだ。

挿入はしないが、口づけ、体をさぐりあい、互いの性器を手や口で愛撫する。

昼間、離ればなれでいるせいか、晨生は飽くなき情熱で、明け方まで冬霜の裸体をなで、口づけ、そして昂《たか》ぶらせた。

当然、寝不足になるが、やつれはじめたふたりの姿が、冬霜と晨生の不仲を際立たせる役に立っている。

……少々、眠くなってきたな。夕餉《ゆうげ》は室に運んでもらう手はずになっているから、それまで牀で休むか。

逃亡は、いよいよ明日に迫っていた。

その日の晩になると、夕餉を摂っていた冬霜のもとへ、ふたりの舎人によって大きな櫃が運ばれてきた。

舎人とともに呂がやってきて、まるで汚いものでもあるかのような目で冬霜を見た。

「……晨生様が、これをもって明日には永楽宮を出ていけと仰せだ」

「そうか」

いつもの淡々とした風情で冬霜がうなずいた。

箸を卓に置いて立ちあがり、櫃の上蓋《うわぶた》を開けた。

「……中が半分、空のようだが………」

「この室にある什器や調度品で、気に入った物はもっていってよいと晨生様は仰せだ。これから捨てるという者へのご厚情、破格なものと感謝するのだぞ」

まるで、自分の財物を与えるかのように、呂が恩着せがましくいった。

「そうだな。晨生……檠殿は、とても優しい方だ。心より感謝していると、檠殿に伝えてほしい。俺はもう、檠殿には会ってもらえないのでな……」

「自業自得だろう。落ち着き先が決まったら、すぐに私に知らせるように」

あぁ、呂は俺を捕らえて、巨卿へさし出すつもりなのだな。

冬霜は呂の本意をすぐに悟った。

「わかった。とりあえず、いったん青瑛に店を構えている杜という紫豫商人のもとへ向かうつもりだ。そこにしばらく滞在し、杜と相談して身のふり方を決めるつもりだ」

「紫豫商人の、杜だな」

「杜は、蒼萃や紫豫の貴門に出入りしている商人だ。笵氏や侯氏といった一族の誰か、あるいは王族とも、杜は取引があると思う」

ただの商人ではないことを匂わせ、呂や巨卿が杜に対して暴挙を行わないよう、冬霜はあらかじめ牽制する。

「わかった。……では、私はこれで」

田舎の都尉令と侮っていた冬霜が意外な人物と知りあいとわかり、呂は居心地の悪そうな顔で室を後にした。

後に残された冬霜は、笑いを堪《こら》えながら食事を続け、それが終わると室の調度を無造作に移動し、いかにも物品を物色したように装った。

それが終わると、冬霜は櫃に入っていた長袍《ちょうほう》を広げ、その中に玉製の調度品や櫃に入っていた残りの衣服を入れ、晨生の寝室に移動した。

晨生は、隣室で細かな細工や典籍を卓に並べ、腕組みをしている。

「もってゆく品の選定は、終わったか？」

「母の愛用していた硯《すずり》と、学者だった祖父が記した自筆の国記、これ以外は……置いてゆくことにした。……ところでその荷物、どうしたの？」

「櫃を空にするためと、櫃があるていど重くても怪しまれないように調度品をもってきた。おまえの寝室のどこかに隠しておいてくれ」

冬霜の計略は、晨生を大きな櫃に隠し、櫃とともに永楽宮を出る。そして、杜の店に向かうというものだった。

晨生の不在に、いずれ誰かが気づくだろう。

しかし、それまでにふたりが青瑛の門を出てしまえば、まずは第一段階成功、といったところであった。

それから先のことは、まだ、晨生にも教えていない。

「いよいよ、明日だね……」

「あぁ。晨生、本当に後悔はしないか？　住み慣れた故郷を捨てるのだ。色々とつらいこともあるだろう」

「君だって、紫豫からここに来たんだ。僕がつらいなんていえないよ」

晨生が手を伸ばし、そっと冬霜の頬をなでた。

風のような愛撫だが、晨生の気持ちは伝わってくる。

「ここを出て、ようやく僕らは対等になれるんだ。君も僕も、故郷も公子という身分を捨てた、ただの晨生と冬霜となって、生きていこう」

「……そうだな」

冬霜は晨生の手に自分の手を重ね、そして晨生の手に頬ずりをした。

動物の仔《こ》のような不器用な愛情の示し方に、晨生が微笑し、冬霜を抱きしめようとする。

しかし、冬霜はするりと晨生の腕の輪から抜け出して、屈託ない笑顔を浮かべた。

「そんなことをする暇はない。荷物に例の軟膏は入れたのか？」

「忘れてた」

「どうした。おまえらしくもない。荷物をまとめ終えたら、適当に牀に寝た跡を残して、こっちにこい。……待っているから」

冬霜が艶《つや》っぽい流し目を送ると、晨生が俄然《がぜん》やる気になったようだった。

室に戻った冬霜は、荷物をまとめながらも、迷いがあった。

……本当に、これでいいのだろうか？　まだ、間に合う。まだ晨生には俺を切り捨て、巨卿に頭をさげて、君房の陰謀を明かし、そして王となる道が残されている。

王になることが、即、幸せとは限らない。

しかし、冬霜は晨生に王としての資質があると思ったし、晨生も、本音ではそれを望んでいるような気がしていた。

「俺は……いったい、どうすべきなのだろうな」

冬霜が櫳から空を見あげた。身を半分ほどに細らせた、下弦の月が空に浮かんでいる。

蒼萃の民を思えば、晨生が王になるのが一番よい。

晨生のことを考えれば、自分と他国へ亡命するよりは、蒼萃で即位する方が幸せなのではないか、という迷いが生まれた。

自分の幸せを考えれば、もう、晨生のいない人生は考えられない。

「すまない……。俺は、わがままだ。自分の幸せのために、晨生すら犠牲にする……」

晨生が聞けば「なにをいうんだ」と、立腹しそうなことをつぶやくと、冬霜は悩ましげなため息をついていた。


翌日、早朝。

簡単な朝餉を摂った冬霜は、女官に今すぐここを出ていくと告げた。

「檠殿が起きてから、俺のことを伝えてくれ」

そう悲しげに訴えると、すぐに舎人がふたりやってきて、櫃をもちあげた。

「壊れやすい物も入っているから、丁寧に運んでほしい」

櫃の中身の大半は、夜具の上に手足を丸め、剣を抱き横たわる晨生だ。他には、ふたり分の内衣と黄金、わずかの晨生の私物。それだけだ。

朝靄《あさもや》の漂う中、晨生入りの櫃と冬霜を載せた車が、静かに永楽宮を出た。

大路を永楽宮から松柏門に向かって進み、横道に入ったところに杜の店はあった。

車を表に待たせておいて、冬霜のみが店に入る。

店にいた中年の男に冬霜が声をかけた。

「すまない。紫豫の冬霜という者だが、主の杜殿は在宅であろうか」

「……冬霜様。覚えておられますか。石《せき》です」

「杜の配下の……。覚えている。息災でいたか？」

「おかげさまで。あぁ、あぁ。主も冬霜様がいらっしゃったとなれば、きっと大喜びするでしょう。……おい、急いで主に都尉令の冬霜様がいらっしゃったと伝えるんだ」

店にいた下働きと思《おぼ》しき少年に石が声をかける。少年は、飛ぶように店の奥に入っていき、ほどなくして杜とともに戻ってきた。

「これは……お久しぶりでございます。よくぞまあ……人質となって青瑛に送られたと聞いていましたが、ここにお越しいただけるとは……。さあさあ、どうぞ奥へ」

杜は、目に涙を浮かべんばかりに喜んでいた。

「ありがとう。だが、その前に俺の荷物を運んでもらえるだろうか？」

「荷物……ですか？」

「あぁ。しばらくここに厄介になりたい。杜さえ、迷惑でなければだが」

「もちろん、もちろん。荷物は店の者に運ばせます。冬霜様は先に奥へどうぞ」

杜の言葉に、石と少年が店の外に出た。少年では力が足りず、結局、別の男が手を貸して、晨生の入った櫃を店内に運んだ。

「すまないが、人払いを頼みたい」

御者が車を走らせたのを確認し、冬霜がいった。杜はすぐさまうなずいて、冬霜を離れの客舎に案内する。

「ここは、尊い方をお招きした時のためのものです。どうぞ、ごゆるりとご滞在ください」

杜の言葉通り、晨生の永楽宮とまではいかないが、小さくとも豪華な内装と家具、調度品の揃った立派な客舎であった。

冬霜は客舎に櫃を運ばせると、その場で杜に話を切り出した。

「……わけはいえないが、貴殿に頼みたいことがある」

「冬霜様のお頼みならば、なんなりと」

「では、頼みをいう前に、櫃を開けさせてもらう。……中身を見ても、驚かないでくれ」

冬霜が櫃の蓋を開けると、中で小さく体を丸めた晨生がまぶしげに目を細めた。

「これは……蒼萃の公子ではありませんか⁉」

櫃から出てきた晨生を見て、杜が目を丸くする。

「久しぶりだな。宥州では世話になった。息災でいたか？」

「あの時は便宜を計っていただきましてありがとうございました。こうして無事に、商いをしております」

晨生に杜が揖《ゆう》の礼をする。それから、杜は冬霜にまなざしで「どういうことですか？」と、問いかけた。

「俺は、公子――晨生――に、命を助けてもらったのだ。その後は、永楽宮で世話になっていた。……そして、頼みというのは、俺と晨生はわけがあって内密に青瑛から出ていき

たい。その、手助けをしてはくれないか」

冬霜が床にひざまずき、頭をさげる。杜は慌てて冬霜を立ちあがらせた。

「……わかりました。冬霜様がそうおっしゃるのなら、なにも聞きますまい。それで、私はなにをすればよろしいのでしょうか？」

さすがは大商人という俠気《きょうき》を杜が示した。

冬霜は、晨生と顔を見あわせ微笑すると、すぐに杜に向き直り、口を開いた。

「まず、馬を二頭と、紫豫製の武器、俺と晨生ふたり分の旅行用の庶人の服と旅に必要な什器を用意してもらいたい。できるだけ早急に。代価は金で払おう」

「わかりました。旅に出られるのでしたら、裘《かわごろも》（外套《がいとう》）も用意いたしましょう。これから寒さが厳しくなりますからな」

杜には、あらかじめなにも知らせてはいなかった。にもかかわらず、このように突然の、しかも不躾《ぶしつけ》な願いに細やかな心配りまでしてくれるとは。

冬霜の胸が温かいものでいっぱいになり、そして目頭が熱くなる。

「本当に……。ありがたく思う。いつか、この厚情に報いたい」

「いいのですよ。以前、私はあなた様に助けられた。その恩義をお返しするだけのこと。……けれども、もし、冬霜様がどうしても私に恩返しをしたいというならば、いつかどこかで、かつての私のように困っている者がいたら、その者を助けてください。そうすれば、この世の中は少しだけ住みよくなるでしょうからな」

「あぁ。あぁ……わかった。そうしよう」

杜の言葉に、冬霜がしかとうなずく。隣で晨生も神妙な顔で聞いていた。

杜は、店の者に必要なものを集めるよう命ずるため、客舎を出ていった。

ふたりきりになると、晨生は真面目な顔で口を開いた。

「冬霜、先ほどの杜の言葉だけど……。あれは、君が前にいっていた言葉と同じだね」

「俺が前に……？」

「君が捕虜として蒼萃の陣にいた時のことだよ。君のいった『金を部下に分け与えるのは、それが、この世の理《ことわり》だから』という言葉と、杜が恩を別の人に返すというのは、僕には、同じ意味に感じるんだ」

「そうか？　そうかもしれないが……。……いや、きっとそうなのだろうな」

少年の頃から鳥獣と心を重ねていた冬霜は、彼らから、この世の理を学び、生き方として骨身に染《し》みついた。

けれども、人の口から同じことを聞くのは初めてで、冬霜は、ここに来てよかったと、心から思った。

俺が気づかなかっただけで、今までも杜のような人と出会っていたのかもしれない。

人の心は鏡のようで、冬霜がただ、彼らからその言葉を――真心を――引き出せなかっただけなのかもしれなかった。

そして、杜があのようなことをいったのは、俺がかわったからだ。そして、かわれたのは、晨生のおかげだ。そう冬霜は考える。

「晨生。俺は、おまえと出会えたことを、心から嬉しく思う」

「……僕もだよ。君と出会えてよかった。そう心から思っている」

晨生が冬霜に触れるだけの口づけをした。

ほどなくして杜が客舎に戻り、冬霜が望んだものをすべて用意した、と告げた。

「これほど早く……。すまない」

「馬と武器は、私のものをお使いください。衣服は、古着屋で用立てて参りました」

杜は両腕に抱えた服を冬霜に渡した。ふたりが着がえる間に、杜が裘をもってきた。

裘は、高級品ではないが、しっかりとした作りで、見るからに温かであった。

人の目を避けて亡命しようというふたりには、ちょうどよい具合の品だ。

「……これで足りるだろうか？」

晨生が杜に金を渡す。杜は検《あらた》めもせずに「確かに」と答えた。

「……では、これは私からの餞別《せんべつ》です。どうぞお納めください」

杜が懐から油紙の包みをとり出し、晨生に渡した。

「冬霜様のお命を、救っていただいたお礼です。使わなければ、それに越したことはないのですが」

　包みを開け、中を確かめた晨生が目を見開いた。

「これは……仙薬ではないですか。こんな貴重なものを……！」

　油紙の中には、仙薬が三粒も入っていた。

「私は、仙薬を作る道士のもとにも出入りしております。その仙薬の中には、私が商っている薬草も材料に入っていましてな。必要とあらば、また手に入ります」

　冬霜と晨生は顔を見あわせ、あらためて杜に頭をさげた。

「もしかすると、永楽宮か大司馬――大司空かもしれないが、いずれ誰かが俺に会いに来ると思う。その時は、冬霜は馬を盗んで逃げ出した、と伝えてほしい」

　客舎の裏に連れてこられた馬に荷物を積み、裘の頭巾《ずきん》をかぶった冬霜がいった。

「大司馬に大司空……。どうやら、おふたりは大変な方々を相手にしているようですな」

「あぁ。さすがにこのふたりに睨《にら》まれれば、青瑛で商いもしづらかろう」

　しかし、馬を盗まれたとなれば、話は別だ。杜は被害者となる。

　晨生の逃亡に手を貸したと疑われるかもしれないが、きっと杜なら追及をかわしきれるだろうと、冬霜は思っていた。

「わかりました」

　冬霜の心遣いを汲《く》んで、杜がしっかとうなずいた。

そしてふたりは使用人用の出入り口から杜の店を出た。

すでに日は高く昇り、中天にさしかかろうとしている。夏華一番の都と謳《うた》われる青瑛の大路は、人や馬車、牛の引く荷車でごった返していた。

道行く人は、自分の用事に精一杯で、男ふたりの旅人は珍しくもないのか目もくれなかった。

そうして、冬霜と晨生は松柏門を抜け、ひそかに青瑛を抜け出したのであった。


郭林宗が、永楽宮から晨生の姿が消えたと聞いたのは、冬霜と晨生が青瑛から脱出して半日ほど後のことであった。

その時、林宗は大司馬の役所にいて、来年には光祿勲《こうろくくん》に入り、近衛隊長へ昇進する内示を巨卿から受けたところであった。

「王の覚えがめでたければ、出世も早い。そなたなら、伯倫様に重用されるだろう」

「大司馬のご期待に沿うよう微力を尽くし、精一杯、務めたいと思います」

林宗が巨卿に恭しく礼をする。

もちろん、その言葉に嘘はない。しかし、林宗は気のりしない自分に気づいていた。

伯倫は、巨卿に姉の再婚相手を相談したように、身内に優しい人物だ。

しかし、優しいというより気弱を無難と事なかれ主義でくるんだような人格だ、と林宗は認識していた。

我を通す王よりは、仕えやすいだろうと思う。だが、まだ伯倫様が即位すると決まったわけではない。

大司空――いや、王后――は、なぜ、晨生様を次期王に、と推したのだろうか？

それがどうにも、喉《のど》の奥にひっかかった魚の小骨のように、林宗は気になっている。

「大司馬よ、私には気になることがあります。なぜ、王后は、晨生様を次期王にと推したのだと思われますか？」

「さて。夫と息子を亡くした女の気迷いごとよ。まともにとりあうとは、どういたした？」

「いえ……。王后はそうかもしれません。しかし、それに大司空がのった、ということが解せないのです。大司空には、晨生様が次期王となる――力が戻るという――確信があるのではないでしょうか？」

「まさか。あの当時、我が一族が公子に力を蘇らせるため手を尽くしたにもかかわらず、徒労に終わったのだぞ？」

「だからこそ、です。もし……もし、晨生様にお力が戻られたら、次の王は晨生様となるのが筋。どうでしょうか、晨生様の娶嫁《しゅか》の件、景珠様にかわり、我が末の妹をさし出すというのは……」

林宗は、内心では景珠を娶らねばならぬ晨生に、深く同情していた。妹ならば、君房の娘にも家柄ではひけをとらない。顔立ちこそ並だが、人をねたんだりそねんだりしないという性格のよさがある。

晨生様ならば、妹の美質を見いだし、それに満足してくれるだろう。

そう考えていた林宗だが、巨卿はいかにも不快げに眉をよせた。

「公子には、景珠殿でさえもったいない。なにせ、娶嫁より紫豫人の男を選んだのだ」

「紫豫人……というと、淑冬霜様のことでしょうか。確かにあのおふたりの仲はよろしいですが、景珠様より冬霜様を選ぶとは、どういうことですか」

「そのままの意味よ。公子は、紫豫人を抱き、その男にのぼせあがっているのだ」

「抱き……とは？　もしや、それは……」

性交した、という意味か？　いや、まさか。男が男を抱くなど、考えられない。

林宗は性愛という意味では異性にしか興味がない。だからこそ、即座にふたりの仲を否定した。

とはいえ、永楽宮を訪ねたおり、晨生と冬霜の間に、今までとは違うなにかが漂うのを感じていた。

これまでは、ただ親密になっただけと思っていた。

しかし、ここにきてその理由が判明した。

そうか。晨生様は、冬霜様と褥《しとね》をともにしたのか……。

不思議と、嫌悪感はない。むしろ、腑《ふ》に落ちたという感覚がある。

元々、晨生様は冬霜様に敬意を抱かれていた。冬霜様も晨生様に求められて拒まなかったということは、晨生様のことを憎からず思っているのだろう。

林宗の記憶にある永楽宮の冬霜は、決して不幸そうではなかった。

晨生が強引に冬霜を抱いたのならともかく、両想いであるのなら、林宗は問題はないと判断する。

晨生様と冬霜様が……。

つい、どんなふうに晨生が冬霜を抱くのか、冬霜はどんな顔をして喘《あえ》ぐのかを想像しそうになり、林宗は不敬な妄想を振り払った。

「晨生様は冬霜様を、ただひとりの人と思い定め、それで娶嫁を断ったのですか？」

「違う。……そなたもいずれ、三公もしくは九卿の地位に昇るだろうから教えるが、このことは内密に。我が娘にも告げてはならぬぞ」

巨卿の娘は、林宗の妻だ。その妻にまで隠さなければならない秘密の存在に、林宗の全身に緊張が走った。

巨卿が告げたのは、太廟《たいびょう》での儀式のことだ。そして、驚くことに、冬霜を晨生が庇《かば》い、犯すことで死のかわりとし、そしてその身を保護したという。

そして、もっと驚いたのは、晨生が景珠を娶る代償として冬霜をさし出せという巨卿の命令を断ったことであった。

「それは……のぼせあがったというよりも、冬霜様にはそれだけの価値がある、と晨生様が思ったからではないでしょうか」

「昼間から公子と乳繰りあうしか能のない男がか？」

晨生の冬霜への入れこみようを知らなかった林宗は、生々しい言葉に頬を染めた。

「……青瑛に来てからの冬霜様はともかく、戦の場の将兵として、あの方ほど優れた者はそうはいないと断言できます」

「……？」

林宗の言葉に巨卿がいぶかしげな顔をした。

舅殿は冬霜様のご活躍をご存じないらしい。

「先陣では鋭い突撃をし、遊軍を率いれば勇猛果敢に敵を蹴散らし、味方を助け……。私もなんども泣かされました。なにより、最後の決戦で、敗走する兵の中、自ら殿軍を引き受け、多くの紫豫兵を逃しました。これ以上に立派なふるまいがありますでしょうか」

「それは……ない。もし、その話が本当であれば、だが」

巨卿は根っからの武人だ。冬霜の行いは、巨卿の心をゆさぶったようであった。

「そのような優れた将を、なぜ紫豫は捕虜としてさし出したのだ」

「それは、王と異界人の子という生まれのせいではないか……と愚考します」

「ううむ……。だが、奴は殺さねばならぬ。それが、掟《おきて》だ」

頑《かたく》なに巨卿がいい張った時、永楽宮から使いの者がやってきた。

「……公子が行方不明だと？」

使いは呂の片腕といってよい男で、呂と同様、元々は笵家の使用人であった。

その男は、主ともいえる巨卿の渋面に震えあがる。

公子の外出は車にのるのが常だ。そして、御者も門番も晨生が永楽宮を出てゆく姿を見ていない。なのに、永楽宮から忽然《こつぜん》と晨生の姿が消えたという。

話を聞いた林宗が、使いに尋ねる。

「冬霜様が永楽宮にいらっしゃるのでしたら、晨生様は、じき、お戻りになるでしょう」

初代国王の定めた掟を破ってまで助けた冬霜を、晨生が見捨てるわけがない。

「郭の若様、あの紫豫人は、公子と不仲になって、早朝、永楽宮を追い出されました」

使いの答えに、林宗は絶句した。

これは、計画的な逃亡だ。晨生様は、舅殿に冬霜様を殺させまいと、ふたりで永楽宮から逃げ出したのだ。林宗は即座にそう結論を出した。

「冬霜様は、永楽宮を出てどこへ行かれた？　まさか、どこに行ったかわからないということはないでしょうな」

「紫豫商人の杜の店に行きました」

「では、その杜の店に、誰かさし向けましたか？」

「いいえ……。なぜ、公子が捨てた男妾《おとこめかけ》のもとに人をやる必要があるのですか？」

本気でわからないという顔をした使いを、林宗は怒鳴りつけそうになった。

「大司馬よ、これは、計画的な逃亡です。おそらく、杜の店に冬霜様はもういないでしょう」

「なぜ、そういいきれる？」

断言する林宗に、巨卿が問う。林宗はひたと巨卿を見すえ、口を開いた。

「冬霜様は、辺塞の一兵卒から都尉令まで独力で地位をあげたのです。しかも、まだ三十歳前という若さで。この一事をみても、彼が並の男ではないとわかります。……晨生様との不仲というのも、おそらく冬霜様の計略でしょう」

「そこまで、冬霜というのは、できる男か」

再び巨卿がうなり声をあげた。

冬霜様は、おそらく、舅殿好みの男であろうな。殺すのは惜しいと思ってくだされればよいのだが。

舅殿が晨生様とともに冬霜様の庇護《ひご》者となれば、よほどの災危が蒼萃を襲わない限り、冬霜様の身は安泰だ。そうと決まれば、晨生様も永楽宮にお戻りになるだろう。

それが、一番よい解決法なのだと林宗にはわかっていた。

巨卿が冬霜を認めないのならば、このまま、ふたりを逃がしてやりたい。そうも林宗は考えていた。

しかし、自分に見えるものが他人に見えるとは限らず、巨卿が自らの考えを改めるかどうかは、林宗にもわからない。

「大司馬よ、晨生様をどうなさいますか？　……冬霜様は？」

「力もない公子が私に逆らうことは、許さない。……いかに武人として優秀であろうとも、掟は掟だ。冬霜には死んでもらう。林宗、そなたが公子探索の指揮をとれ」

きっぱりと巨卿が返す。

そして林宗は、希望とは違うことのなりゆきに、心の中で深くため息をついたのであった。


晨生と冬霜が青瑛を出てから三日がすぎた。

その間、旅は順調で、追手の気配はまるでなく、晨生はずっと上機嫌であった。

ふたりは、青瑛の学者とそのおともの武人と偽って、集落の農民から馬のまぐさや食べ物を譲ってもらい、夜には旅籠《はたご》に泊まり、体を休めた。

いくつかあった関は、猟師や農民に小金を握らせ、迂回路《うかい》をとった。

それらの交渉は、すべて晨生が行った。亡命計画においていいところのなかった晨生は、ここぞとばかりに張り切った。

冬霜はいつも穏やかに微笑み、晨生により添うように馬を並べる。

夜になれば、旅の疲れをものともせずに、濃密に交わった。

旅籠の壁が薄いのを冬霜は気にして、声を殺しながら——それによりいっそう体が昂ぶり——喘ぎ、快感に悶《もだ》える。

そんな冬霜の艶姿を見られるだけで、晨生は幸せだった。

冬は、日が落ちるのが早い。昼餉を済ませたと思ったら、もう暗くなりはじめる。

そこで晨生が、朗らかな声で冬霜に尋ねた。

「今晩は、津の旅籠に泊まるんだったね」

「あぁ。朝一番で船に乗り、そのまま朱豊へ入る」

結局、冬霜が選んだのは、青瑛を西南に進み、朱豊へと通じる淮河《わいが》の小さな津から船を使う、というものだった。

冬山を案内もなしに踏破するのは、たとえ追手がいなくとも、あまりにも危険と判断したからだった。

「船中で一泊して、明後日には朱豊か。追手も今までなかったし、このまま無事に朱豊に入れそうだ」

「そうだな」

のんきな晨生の言葉に、冬霜が淡く微笑み返す。

しかし、穏やかな旅は、津にほど近い場所まで訪れた時、終わりを告げた。

「——晨生。兵がいる。しかも、複数」

「えっ？」

冬霜の厳しい声に、晨生が目をこらして遠くを見た。

揃いの甲《よろい》に矛を持つ兵士の姿がそこにあった。

「追手だろうか？」

「まだわからない。津は、戦時はもちろん、平時であっても、人と物が集まる場所だ。普段から兵が警戒していても不思議はない。不思議はない……が……」

そう答えた冬霜の表情は、こういっていた。

俺は、追手だと思う、と。

「冬霜。このまま津に行くかい？　それとも別の方法を探す？」

「……川沿いに進み、適当な場所で漁師に川を渡してもらう。国境さえ越えてしまえば、こっちのものだ」

冬霜の言葉に晨生がうなずき、馬首を巡らせる。そしてふたりが進行方向をかえると、その動きを怪しんだのか、六人組の兵士がこちらにやってきた。

晨生の心臓が大きく跳ねあがる。

永楽宮で公子として過ごしていた時には、決して味わったことのない感情――兵に捕まるという恐怖――であった。

そうか……。巨卿や君房から逃げるということは、こういうことなのだ。

「落ち着け、晨生。まだ追手と決まったわけではない」

初夏の風のように、爽《さわ》やかな微笑を冬霜が浮かべていた。

その笑顔を見たとたん、晨生の嫌なざわめきが収まった。

そうだった。こんなことは、覚悟の上で、永楽宮から逃げたのだ。いまさらこんなにうろたえてしまうなんて……なんて僕はみっともないんだ。

「そうだね、冬霜。なんとかやりすごしてみせるよ」

あらためて覚悟を決めた晨生が、力強い笑みをつくってみせる。

「その調子だ」

冬霜がほっとしたようにうなずくと、近づいてきた兵の小隊長――蒼萃では、兵は五人ひと組に小隊長がひとりという六人編成だ――がふたりに声をかけてきた。

「そこのふたり、止まれ」

「なにか私たちにご用でしょうか」

「大司馬のご命令で、人を探している。とにかく、旅人を見れば検めよということなので協力願いたい」

晨生の貴族的な雰囲気と洗練された物腰に、小隊長が口調をかえた。

──来た。やはり、巨卿は僕らに追手をさし向けたか──

手綱を握る晨生の手に、力が入る。それでも表情では平静を装い、口を開いた。

「大司馬の。それはそれは……いったい、どういう事情なのですか？」

「いやなに。公子の晨生様が、紫豫人にかどわかされて行方不明だというのだ。紫豫人は晨生様を掠《さら》う際に、なんと黄金を一櫃も盗み去ったということだ。一櫃といえば黄金一万斤の大金。まったく、けしからんことよ」

「っ……。それは、それは……」

晨生は怒りを堪え、そう答えるのがやっとだった。

僕は冬霜にかどわかされたのではない。自分の意志で、永楽宮から抜け出したんだ。それに、冬霜が金を盗んだ？　それではまるで冬霜が盗人ではないか!!

「……落ち着け。事実を曲げて広めるのは、大司馬の手だ」

冬霜が晨生の横に馬を並べ、小声で囁きかける。

晨生は血が沸騰しそうな怒りを覚えていたのに、冬霜は氷のように冷静だった。その冷静さが、晨生の頭を冷やした。

「それは一大事ですね。お役目ご苦労様です」

「まったくよ。大司馬のご命令は、蒼萃全土に発せられた。人相書きも出回っているし、いずれ不逞《ふてい》な紫豫人も捕まり、公子も無事に保護されるであろう。……少々待て、そなた、公子の人相書きに似ているな」

「他人のそら似でしょう」

いっそ小金を握らせて、この場から逃げ出そうか。そう晨生が思いはじめたところで、兵のひとりが無遠慮に冬霜の頭巾の中をのぞきこんだ。

「――っ！　白い肌、青い瞳!!」

兵が叫ぶやいなや、冬霜は晨生の馬の尻《しり》を叩いた。

「逃げるぞ、晨生！」

冬霜の声と同時に、二頭の馬が走り出す。兵は小隊長以外は徒《かち》であったため、あっという間に小隊との距離が広がった。

「逃げるって、どこへ？」

「とりあえず、先ほど通りすぎた水車小屋まで行ってそこで隠れていろ。俺は、小隊長を足止めする」

「君を置いて行けと？」

「一対一なら、俺が勝つ。俺の腕は知っているだろう？　心配はいらない」

荷物に挿していた矛を引き抜くと、冬霜が馬を止め、小隊長に向き直った。

矛を手にした冬霜は、まさに水を得た魚だった。蒼萃に来て以来、晨生が見たこともないような、生き生きとした表情をしていた。

綺麗《きれい》だ。……なんて、美しいのだろう。

晨生が惹かれてやまない冬霜の姿が、そこにあった。

そうだ。僕は、冬霜のこの姿に、心を奪われたのだ。今こそ、冬霜を信じよう。

それでも冬霜が気になり、馬の脚を弛《ゆる》めてふり返ると、ちょうど冬霜が矛を一閃《いっせん》させ、小隊長を馬から落としたところであった。

「お見事」

晨生は称賛の声をあげると、そのまま馬を走らせた。冬霜にいわれた水車小屋があったので、道から見えない場所に馬とともに身を隠す。

すぐに冬霜がやってきて、ふたりは水車小屋から移動した。

「兵らの口から、僕らがこの地にいることは、この郡の太守に伝わり、州の牧《ぼく》（州長官）や青瑛の巨卿のもとにも報告が届くだろう。……どうする？」

「そこまでわかっているのなら、話は早い。このまま日が暮れるまで東進して……方向的には青瑛に戻ることになるが……人気のないところで休もう」

「わかった。……冬霜、このまま人目につかない場所で、渡河するのはどうだろう」

「今が冬でさえなければ、よい考えだな。冬至前のこの時期、大河に入れば、渡り終える前に心の臓が止まる」

その手はもう考えていたのか、即座に冬霜が答えた。

晨生は右手に見える淮河に目を向けた。

朱豊の穀倉地帯の水源である淮河は、蒼萃内ですでに川幅が五十丈（約百十メートル）はあり、水深も晨生の身の丈を超えている。

騎乗して渡るのは不可能で、人も馬も泳ぐ以外ない。

「軍でも冬、騎馬で渡河することはある。その場合、筏《いかだ》や船で兵を向こう岸に渡し、杭《くい》を打ち、渡河中に兵馬が流されないよう縄を張り、時には板などで川の流れをゆるめ、それから速やかに渡るのだ」

「そうか……。すまない。こういうことには、詳しくなくて……」

「知らなくて当然だ。普通は川守に金を渡して、川を渡るのだから」

朗らかな声をあげて冬霜が笑った。

追手が現れてからの冬霜は、本領発揮とでもいわんばかりに、陽気で雄弁だった。

そうこうするうちに、ふたりの前方に、赤と白の煙が二筋、立ち昇るのが見えた。

「……狼煙《のろし》だ。きっと僕たちを見つけたことを国都に知らせるためのものだ。そうなると、駅を使って国都に報告するに違いない。このぶんだと、明朝には、巨卿は僕らがここにいることを知るだろう」

「いよいよ俺たちは窮地に陥ったわけだ」

あくまでも軽快に冬霜が答える。

「巨卿は、笵氏の抱える私兵を出してくるかもしれない。国一番の、精鋭を」

「……そうか」

今度はそういったきり、冬霜は黙りこんでしまった。冬霜の突然の変化に、晨生もつられて口をつぐんだ。

ふたりの背後で地平線に太陽が落ちてゆく。

「今日は、ここで野宿だな」

冬霜が指さしたのは、この地の領主が狩り場としている園、すなわち森林であった。すでに周囲は薄暗く、あたりには人っこひとりいない。

番人に気づかれないよう、街道から離れた場所から森に入り、晨生が馬に枯れ草を食《は》ませている間に、冬霜は食糧を探しに森に入った。

「今日は、運がよかった」

冬霜は、こんもりとした茸《きのこ》の塊を抱えて戻ってきた。地面の乾いた場所を選んで、下草や枯葉をよけ、簡単な炉を組んだ。

焚《た》きつけにはよく乾いた枯葉を使い、枯れ枝に火をつけ、その上で旅行用の鍋《なべ》で水筒の水を沸かし、小刀で刻んだ茸と、杜が用意してくれた荷物の中に入っていた干した米――非常用の食糧だ――を入れた。

「杜に、感謝しないとな」

やはり杜が用意してくれた油紙を地面に敷き、その上に旅行用の寝具を重ね、ふたりが並んで座った。

「この茸には、毒はない。安心して食べるといい」

「驚いた。冬霜、君は、こういったことにも詳しいのか」

「いっただろう？　なんでも食って生きてきたと。俺はこの姿ゆえにいじめられたが、逆に可哀想《かわいそう》だと親切にしてくれる者もいた。茸の見分け方は……そう……辺塞に兵として赴任したばかりの頃だな。やはり隷民だった老兵が、教えてくれた」

赤々と燃える炎に照らされた冬霜の横顔には、懐かしいという表情が浮かんでいた。

茸の出汁が出た粥は、少しの岩塩を振って食べると、無類に旨かった。

「これはいい。茸粥がこんなに旨いとは」

ほっこりとした笑顔で、ふたりが匙を口に運ぶ。温かい粥が胃の腑に入ると、それだけで元気が出てくるから不思議だった。

「茸は、いい出汁《だし》が出る。明日は、余裕があったら川で魚でもとるか」

「釣り具もないのに?」

「岩の陰でじっとしている魚を見つけて、矛で突く。冬の魚は痩《や》せて旨くはないが、贅沢《ぜいたく》はいってられない」

「君といたなら、どこにいても食いっぱぐれだけはなさそうだね」

笑顔で会話を交しながら、食事を終えた。

ふたりは衾をかぶり、並んで座っていたが、冬霜の方から晨生に体を預けてきた。

「……こうした方が、温かいだろう?」

「そうだね。……温かいよ」

小声で囁きながら、晨生が冬霜の手を握った。晨生が軽く手を握ると、冬霜が手を握り返してくる。

他愛《たわい》もない、ささやかな——ささやかだからこそ——愛情の交換に、晨生は冬霜と結合している時のように満たされた。

「こんな時にいう言葉じゃないかもしれないけど……。僕は今、とても幸せだ」

「俺もだ。きっと、おまえといるからだな。……それでは、幸せな気分のまま、目を閉じろ。寒さで眠れないかもしれないが、目を閉じてゆっくり呼吸をするだけでも、体は回復する」

穏やかな声が、優しく晨生の鼓膜を震わせた。

晨生は冬霜の言葉に従い、目を閉じて深呼吸をしたのだった。

晨生の規則正しい寝息を聞きながら、冬霜も目を閉じた。眠ったのではなく、そうして晨生の体温を全身で感じたかったのだ。

このまま、深夜すぎまで火の番をし、夜明け前に晨生と交代して仮眠をとる手はずになっていた。

――晨生といられるのも、今晩が最後かもしれないな――

明日になれば、郡の兵がしらみつぶしにこの周辺を探るだろう。いかに冬霜が強くとも、百人の兵士に周囲をとり囲まれ、晨生とともに逃げきる自信はない。

そうならないためには、どうするか……か。

蒼萃は開墾や治水技術が発達し、平野に手つかずの地はなく、田畑ばかりが続く。

領主の狩り場に忍びこめたのは僥倖《ぎょうこう》だが、森はいつかは終わり、目の前に田畑が拓《ひら》けるだろう。

このあたりは山野はないし……あっても、もっと上流か。

鬱々《うつうつ》と考えていてもどうすることもできず、冬霜は荷物を組み直すことにした。

武器を確かめ、剣を腰に佩《は》く。弓矢をどうするか考えて、晨生に渡すことにした。

あいつも、公子ならば、弓矢の心得はあるだろう。そう冬霜が内心でひとりごちる。古来、夏華では君子は弓矢をよくすることが条件になっている。官吏の登用でさえ、成績や経歴で差がつかない場合は、最後に弓で決着をつけるのだ。

夜明けが近づき、冬霜は晨生を起こす前に昨晩の残りの粥を温めはじめる。晨生が目を覚ましてすぐに、温かい食べ物を食べられるように。

「起きろ、晨生。交代の時間だ」

「うん。……悪いね。僕の方が長く寝てしまって」

「鍛え方が違うからな。平等ではないが、公正なわりふりだ。目が覚めたら飯を食っておけ。体が温まる。そうだ。今日からはおまえも剣を佩いて、弓矢をもって移動してほしい。……なにがあるか、わからないから」

「わかったよ」

晨生がしっかりとうなずくのを確認して、冬霜はすぐに横になった。

五刻（二時間弱）ほど眠り、目覚めた時には、夜が明けていた。

冬霜が粥を食べている間に、晨生が寝具と油紙を畳んでしまっていた。

紫豫で公子といえば、身の回りのことでは指一本動かさないというのに、いわれる前に気を利かし、できることをする晨生に、冬霜は笑顔になる。

「晨生、油紙はしまわずに、腹に巻いておけ。それだけで寒さが違う」

火の始末を終えて、ふたりは出発した。森を騎乗で移動するには枝が邪魔だったので、徒歩で枯葉に覆われた地面を踏みしめてゆく。

やがて、前方が明るくなった。

冬霜と晨生を隠してくれた木々という名の覆いが、なくなる時が来たのだ。

「馬にのろう。森を抜けたら、すぐに駆けるぞ」

騎乗して太陽の光を見たとたん、冬霜は違和感に襲われた。なにがどうというのではないが、なにかが、おかしい。

周囲を見渡しても、しんと静まり返って、物音ひとつしない。

「――静かすぎる」

そう冬霜がひとりごちる。

森やその周囲には、冬場であっても鳥獣の気配がするものなのだ。

その気配さえない、ということは、即ちそばに人がいる、ということであった。

冬霜が晨生に警告を発しようとした、その時であった。

ふたりの頭上から、投網が投げられた。

「！」

冬霜がとっさに矛の柄で晨生の馬の尻を叩き、その動きを利用して矛で投網を受け流す。

「冬霜！」

馬上で晨生が叫んだ。冬霜の矛を絡めとって網が地に落ちた。しかし、馬の尻と荷物に網がかぶさり、冬霜の動きが鈍った。

そのわずかな隙《すき》を狙《ねら》って、茂みに伏せていた兵が矛を突き出す。

「……っ！」

冬霜の左脇腹が、一瞬、燃えるように熱くなった。

ぶ厚い裘のおかげで、矛は冬霜の左の脇腹を抉《えぐ》るに留《とど》まった。

よし、内臓は、無事だ。

それを瞬時に判断すると、冬霜は流れ出る血をものともせずに、兵に向き直った。

「よく俺に傷をつけた。褒めてやろう」

薄笑いを浮かべて剣を抜き、兜《かぶと》の上から剣の平で兵の頭を横殴りにした。

冬霜に兵を殺すつもりはない。無力化すれば十分だった。

こめかみに衝撃を受けた兵は、意識を失い、その場に膝をつく。

剣を鞘《さや》に戻すと、冬霜は急いで晨生の後を追った。

傷は痛むが、興奮しているため、動けないほどではない。

冬霜が晨生を見つけた時、晨生は三人の兵に囲まれ、小隊長と剣を交わしていた。

一合、二合と打ちあっているが、晨生は負けていない。

「なかなか、やる」

　そうひとりごちると、冬霜は徒の兵に突撃し、剣で三人の兵を次々となぎ払い、そして「すまない」とつぶやいて小隊長の馬の尻を切り裂いた。

　馬は痛みに驚き、暴れ出す。いななきながら前脚を掲げ、後ろ脚で立つ馬を、小隊長は制御できない。

「逃げるぞ」

「あぁ。……冬霜、君、怪我《けが》をしたのか！」

　裘を染める血に気づいたのか、晨生が悲鳴をあげた。

「早く手当をしないと……」

「それは、もう少し先、隠れ場所を見つけてからだな」

「血が流れすぎれば、死ぬこともあるんだ」

「いいから。ほら、近くにいた兵がこっちに向かってきたぞ」

　どうやら追手は、森を囲むように等間隔に六人組を配置していたようだった。

　追いすがる騎兵を認めたか、晨生が、「わかったよ」と大声で返した。

　そうして、騎乗のまま弓を手に取り、追手に向かって矢を放つ。

　晨生は兵ではなく馬を狙った。人は無傷でも馬さえ走れなければ十分なのだ。

　矢はまっすぐに飛び、馬に当たった。馬が暴れ出したのを確認して、晨生は自分の馬を走らせる。

「とにかく、人気のないところまで行ったら手当しよう。君は僕を危険な目に遭わせたくないのだろうが、君の血が地面に落ちたら、僕らがどこに逃げようとも、その跡を辿《たど》って追手はやってくるんだ」

晨生の指摘に、冬霜は目が覚める思いがした。

「——確かに。俺が、冷静さを欠いていた」

「わかればいい」

怒りも露《あら》わな口ぶりで晨生が返した。

いや、怒っているのではない。冬霜が心配だからこそ、そんないい方をしてしまうのだ。

十里（約四キロ）ほど走ったところで、ゆるやかな丘が見えた。近くには小川も流れている。

丘の上からなら、追手が近づけばすぐに気がつく。あたりは田畑と農家の集落しかない。

周辺の住民には気づかれるだろうが、四の五のいっている場合ではなかった。

「あそこで休もう」

冬霜の言葉に晨生もうなずいた。

その時には、冬霜の顔色は紙のように白くなり、そして寒気に襲われていた。

丘には大きな木が生えていて、馬からおりた冬霜は、崩れ落ちるように太い幹に体を預けた。

「手当の前に、これを飲んで」

晨生が懐から小さな包みをとり出した。杜からもらった仙薬だ。

水筒に残ったわずかの水で冬霜が仙薬を飲むと、晨生が荷物から内衣をとり出した。

晨生は無言で冬霜の裘をよけ、血で濡《ぬ》れた袍を見て顔をしかめた。

「……厚着をしていて助かった。内臓は無事だ。ちょっと脇腹の肉をそがれたていどだ」

「ちょっとって……。痛いだろう」

晨生が眉を寄せて冬霜の帯をとき、袍と内衣を広げ、患部に裂いた内衣をあて、その上から油紙をあてた。

「手当にもなってないけど……」

「仙薬を飲んだ。これに優る治療はない」

そう答えつつ、冬霜は気が緩んだのか意識が混濁してゆくのを感じた。

まずい。ここで気を失うわけにはいかないのに……。

必死で意識を保とうとするが、強風の前の蠟燭《ろうそく》の火のように、あっけなく消えた。


馬に水を飲ませ、水筒を水で満たしてから晨生が丘の上に戻ると、冬霜が死んだように地面に横たわっていた。

慌てて冬霜の口元に手のひらを押しあて、呼吸を確認する。

「よかった、生きてる……」

とはいえ、冬霜の顔色はあまりにも悪く、このままにしておいたら、いずれ命の火が消えてしまうのは明らかだった。

「どうする……。どうしたらいい？」

気絶した冬霜を前に、晨生が地面に膝をつき、呆《ほう》けたようにくり返す。

なにか手を打たねばならないのはわかっているが、なにをすればよいのかわからない。

いかに仙薬を飲んだといえど、その効果が発揮する前に、死んでしまうかも……。

そう考えただけで、晨生は怖気《おぞけ》に襲われた。

これじゃあ、僕が冬霜を殺したようなものじゃないか!!

心の中で晨生が絶叫すると、その叫びに呼応するように、空からぽつりぽつりとみぞれ混じりの雨粒が落ちてきた。

弱り目に祟《たた》り目という状況だ。雨に打たれれば冬霜の体が冷え、具合はもっと悪くなるだろう。

「くそっ！　せめて、この雨さえ止《や》んでくれたら。……誰でもいい、お願いだ。この雨を、どうか止ませてくれ」

拳で地面を叩き、晨生が誰かかなにかかに懇願する。

そんなことをいってもなんの意味もないのはわかっている。けれども、そうせずにはいられなかった。晨生は、それほど追いつめられていた。

しかし、そこで奇跡が起こった。

ふいに風が吹いたかと思うと、丘の上だけ雲が割れ、雨が止んだのだ。

「……いったい、どういうことだ………？」

虚空《こくう》を呆然《ぼうぜん》と見あげ、晨生がひとりごちる。

僕はただ、願い、懇願しただけだ。

「――っ！」

その瞬間、晨生は思い出していた。自分がかつて、どのように天候を操っていたのかを。命じるのではなく、頼んでいたのだ。自分の中にいる、友達に。

『ねえ、お願い。雨を降らせてよ』

無邪気なこどもの言葉に、晨生の中にいた〝なにか〟は呼応して、雨を降らせた。

冬霜のように物静かで、晨生の頼みは絶対に断らない友だった。

僕と〝それ〟は、友人だった。僕の頼みを聞いてくれる心優しき友だった。

晨生は今、ここに至って、すべてを思い出していた。

力のみなぎりなどはない。それはただ、そこにあるのだ。それを感じて、優しく穏やかにお願いするだけで、望みは叶《かな》う。

代償は「ありがとう」という言葉。感謝の想いを向ければ、それでよかったのだ。

「……なんだ、ただこれだけのことだったのか！　こんな簡単なことにさえ気づかなかったなんて。僕は、大馬鹿だ。なにが立派な公子だ。精霊への敬意を忘れ、ただ傲慢《ごうまん》だっただけじゃないか‼」

いいおえた時には、晨生の目から涙が溢《あふ》れていた。

涙でぼやけた視界に、死んだように横たわる冬霜の姿が映った。

「冬霜……。ごめん。僕がもっと早くこのことに気づいていれば、君を守ることだってできたかもしれないのに………」

冬霜の頬に触れると、さっきまで水を触っていた晨生の指先と同じくらい、冷たかった。

「とにかく、場所をかえて……。どこか建物の中で、体を温めなければ……」

晨生が冬霜の体を抱き起こした時、杖《つえ》をついた老人が丘を登ってくるのが見えた。

晨生は冬霜を左手に抱いたまま、右手で剣の柄《つか》を握った。

「おぉい。……なんだ。異様な気の気配がしたかと思えば、そなたらか」

「向道士！　なぜ、あなたがここに……」

「霊山に向かう途中よ。そなたらと違い、儂は徒歩で行くのでな。おや。冬霜もおったか。そやつ、怪我をしているのではないか？」

助けを求めるのなら、向道士しかいない。とっさに晨生はそう思った。

「道士よ、頼みがあります。どうか、私たちを……いえ、冬霜をお助けください」

晨生が地に両手をつき、向道士に頭をさげる。

「お礼はいかようにもいたします。今もっている黄金一櫃、すべてあなたに譲ってもいい。だから……どうか、冬霜を……」

鬼気迫る形相で迫る晨生に「落ち着け」と向がいった。

「まずは、冬霜の手当が先だ。儂だとて、こやつの命が失われるのは惜しい。……報酬は、もちろんいただく。そうよな、永楽宮でもらった酒を一瓶でどうだ？」

「それは……叶わないやもしれません……。私はもう二度と、あそこには戻らないと決めたのです」

晨生の煮えきらない言葉に、向は「ううむ」とうなって顎髭《あごひげ》を手でなでた。

「なにやら、事情があるようだな。それは道々聞くことにする。まずは、儂が世話になっている者のところへ行くことにしよう。馬を借りるぞ」

「私たちは、大司馬に追われ、国中に手配書が回っています。どうか……どうか、内密に事を運んでください」

「そのようなことになっておったか。よかろう。儂がよいように計らってやる」

この老人を、どこまで信用できるかは、賭《か》けだった。

ただ、なんとなく晨生は――君房と少君の悪行を、あくまでもたとえ話でしか明かさなかった向道士を——信じていいと感じていた。

「お願いします」

身のうちの精霊に、かつて頼んでいた時のように、晨生が頭をさげた。

向は、年に似合わぬ軽快な動きで冬霜の馬にのった。

「ほうれ、いいこじゃ、いいこじゃ。儂を落とさんでくれよ」

まるで孫にでも話しかけるような口ぶりでいい、悠々と馬を進ませてゆく。

その間に晨生は、地面に油紙を敷き、その上に冬霜を横たえた。

せめて寒くないようにと、冬霜に自分の裘をかぶせ、油紙の上に膝を抱えて座った、
ここに至り、晨生の肚《はら》が据わった。冬霜の死に比べれば、何事も些事《さじ》にすぎない。そう腹の底から声が響く。

僕は、どうして巨卿から逃げたのだろうか？　巨卿に、力——権力——で、敵《かな》わないと思っていたからだ。

だが、もう僕は無力ではない。王族の証《あかし》である、力をもち、それを行使できる。

そう考えた瞬間、晨生の頭がめまぐるしく動き出した。

自分がなにをすべきか。わかった気がした。

逃げるのではなく、立ち向かう。そうできる材料は、晨生の手の中にあった。

向が知人をともない、牛の引く荷車とともに丘の麓《ふもと》にやってきた時には、晨生は不敵な

笑みを浮かべていた。

「助けが来たよ、冬霜。僕らが幸せになる方法はわかった。あとは君が元気になるだけだ」

その場ににあわない甘やかな声で晨生が囁く。けれども、その顔に浮かんだ笑みは、今までの晨生のものではなかった。

自らの力と、その使い方を理解した、危険な男の顔であった。

遠雷の音で、冬霜は目覚めた。

冬なのに、珍しいこともあるものだ……。

そう思いつつ冬霜が目を開けると、冷たい笑みを浮かべ、櫳から外を眺める晨生の姿が目に入った。

「晨生……？　ここは、どこだ？」

「冬霜！　よかった目が覚めて。君の傷は向道士が治療してくれたよ。医術は専門ではないということだけど、彼のもっていた傷薬は仙薬を作る道士が作ったもので、とてもよく効くそうだ。もう大丈夫。なにも心配しなくていいんだよ」

ふり返り、いっきに喋《しゃべ》る晨生の顔は、いつもの——冬霜がよく知っている——優しく朗らかなものであった。

「ここは、益州の広阿《こうあ》。道士の知りあいの家だ。以前、道士がこの家の娘に憑《つ》いた邪霊を祓《はら》ったそうだ。道士の頼みなら、ということで、三日間だけ僕らを匿《かくま》ってくれることになっている」

「三日……そうか。それだけあれば、俺も動けるようになるな」

冬霜は藁《わら》に布を敷いただけの寝床――それでも、冬霜が寒くないようにとの心遣いが見てとれた――の上で、息を吐き、目を閉じた。

「ここは、物置にしている房だ。わざわざ僕らのために掃除もしてくれたんだ。……亭(行政単位で十里＝四キロ四方)にまで僕らを探す触書が回ってきて、僕らを匿ったら、それだけで危険だというのにね」

「そうか。後で、この家の主に、礼をいわねばな」

「後で主を紹介するよ。鄭《じょう》というご老人だ。……そうだ、喉は渇いてない？　水か白湯《さゆ》をもらってくるよ」

「頼む」

そういわれて、傷による発熱からか、冬霜は喉が渇いていることに気づく。

晨生、おまえは俺より俺のことが、よくわかっているのだな。

そう思うと冬霜の心が温まり、傷の治りも早まるような気がした。

晨生が房を出て、向と鄭を連れて戻ってきた。晨生の手には水筒が、鄭は湯気の立つ器をのせた盆を手にしていた。

冬霜が起きあがり、鄭に頭をさげ、そして向にも礼をいう。

「よいよい。事情は公子より聞いた。……といっても、そなたが紫豫の公子だったとは」

「名ばかりの地位です。蒼萃の捕虜となるまでは、辺塞の都尉令でした」

静かに冬霜が答えた。

「その上、そなたと公子が恋仲とはな……そのために、朱豊へ亡命まで考えたか。無謀とは思わなんだか？」

「無謀は百も承知でした。おそらく、不可能だとも……。予想通り、兵に矛で突かれてこのざまです。道士には、ご迷惑をおかけしました」

「冬霜、君……。最初から亡命は無理だとわかってたのか？　だったらどうして、反対しなかったんだ！」

晨生の顔色がかわった。

「よさないか、公子。それが、こやつの愛し方だ。一途《いちず》で従順で、愛した者の頼みを断れない。まるで、精霊のようであろう？」

「………」

晨生が気まずげにうつむく。晨生には、向の言葉に思い当たる節があるようだった。

冬霜が白湯を飲み人心地がつくと、向と鄭は出ていき、晨生とふたりきりになった。

晨生に強ばった顔を向けられて、冬霜は叱《しか》られると身がまえる。

しかし、冬霜の予想は外れた。

「……冬霜、僕は、再び力を使えるようになった」

「再び力が……。それはよかった。いつ、使えるようになったのだ？」

「君が、意識を失ってから。……力が戻って、状況はかわった。僕は、巨卿と交渉することにした」

晨生は毅然《きぜん》とした表情で、横たわる冬霜のかたわらに腰をおろした。

「もう、決めたのだな。ならば、俺にいうことはない。おまえがしたいようにできるよう、できることがあれば協力しよう」

「……君は…………どこまで純粋でおひとよしなんだ」

「そんなことはない。おひとよしでは、辺塞の隊長は務まらない。俺はただ、おまえを甘やかしたいだけだ」

「……っ」

晨生が顔を歪《ゆが》ませた。今にも泣き出しそうなこどものような表情をしている。

「僕は、これから君に卑劣なことを頼む。自分勝手な僕を、許してほしい」

「……まさか、性交したくなったのか？」

それはさすがに少々きつい。そう思いつつ、軽口めいた口ぶりで冬霜が返す。

「違う。……もっと酷《ひど》いことを頼むんだ」

「そうか」

冬霜は晨生を見た。

自分がすることがどれほどのことか理解し、それは嫌だと魂で叫びつつ、それでも、そうすることが必要だ。そう判断した者の顔をしていた。

きっと、心の中で、俺に山ほど謝罪しているのだろうな……。

晨生の方こそ、おひとよしだ。そう冬霜は思った。

微笑を浮かべ、ゆるゆると手を伸ばし、膝に置かれた晨生の手に手のひらを重ねた。

「わかった。おまえの望みを叶えよう」

それがなにかも尋ねずに、冬霜が承諾した。

「冬霜……。君って人は……どこまで僕に、甘いんだ……」

感動か、罪悪感か、その両方か。晨生の声が震えていた。

冬霜は、その時、手のひらで感じる晨生の手のあまりの冷たさに、早くこの手を温めてやりたいと、ただそれだけを考えていた。

冬霜が負傷した日の早朝には、青瑛にいた林宗のもとへ、益州の津で晨生らが見つかったと報告があった。

「益州の津……ということは、淮河を使うつもりだったか……」

林宗は、大司馬の役所の林宗にと与えられた房で兵から報告を受けて、まず安堵《あんど》した。

その次に、淮河を使うことの意味を考えた。

……まさか、晨生様は、朱豊に亡命するつもりだったのか⁉

「くそ……。そこまで思いつめていたとは……。どうして、晨生様は、俺になんの相談もなされなかったのだ⁉」

苦い後悔に林宗が卓を拳で叩く。しかし、その理由はすぐにわかった。

俺に相談すれば、舅殿に話が漏れる。そう思われたか……。

だがしかし、亡命を考えるほど追いつめられていたのなら、俺は、決して他言などしなかった。もっと晨生様と親交を重ねていれば……。

悔やんでももう遅い。そこまでの信頼を、林宗は晨生から得ていなかったのだ。

自分に対する苛立ちを腹におさめ、林宗は、益州の牧にそのまま晨生らを探すよう依頼する早馬を送り、それ以外の州には公子が益州で発見されたと伝令を走らせた。

それが終わると、次の手はずを考えながら、大司馬の室へと向かった。

「大司馬、すでにご報告があったと思いますが、公子が益州にて見つかりました」

「……聞いている。まったく、手間をかけさせおって」

巨卿は晨生が見つかってほっとしたのか、怒りを露わにしていた。

「なんだって益州の津などにいたのか。紫豫人が公子をかどわかしたのならば、紫豫に行くものとばかり思っていたのだが」

「晨生様は朱豊に亡命するつもりだったのではないかと……」

「なんだと！　前王の子が亡命など……それでは宮廷で内紛が起こっていると公言しているようなものではないか。なんと、外聞の悪いことを考えたのだ」

「それほどまでに、公子は、追いつめられていたのかと……」

いってしまえば、晨生は蒼萃に――宮廷にか――絶望したのだ。この国にいるより、他国で異邦人として、ひっそりと暮らす方がましだと判断したのだ。

舅殿には、それが、わからぬか……。

「力のない公子ならば、いっそ、臣籍を与え官として晨生様を重く用いるべきでした。あの方は、軍事についてのものわかりもよく、民を思う心がありましたから。州の牧、いやあの方は典籍にも明るい。いずれ、大司空も務まる人材だったやもしれません」

「…………」

巨卿は林宗の言葉を咎めなかった。内心では、巨卿も晨生の能力を認めていたということなのだ。

だったら、なぜ？　そう林宗は思わずにはいられない。

「公子は……母に似て優秀よ。だからこそ、儂は公子が腹立たしくてならない。あの能力に力さえあれば、公子こそが王太子であった。あたら大司空を宮廷にのさばらせずに済んだものを‼」

口吻《こうふん》も激しく巨卿が心情を吐露する。

それは、八つ当たりというものですよ。内心で、林宗が不器用な巨卿を憐れんだ。

舅殿は、決して悪人ではない。だが、好悪が激しすぎるのだ。

晨生様への無体な仕打ちは、裏返せば、それだけかつての巨卿が、晨生様に期待していたということなのだろう。

「晨生様は、自分からお力を捨てたわけではありませんが」

巨卿を憐れみ、林宗はやんわりと返すに留めた。

「わかっている。だからこそ、叔母《おば》上の遺言に従い、これまで永楽宮で好きにさせていたのだ。……だが、今は違う。紫豫人にたぶらかされて亡命を考えるとは、情も尽き果てる所行よ。いや、まさしくあの紫豫人がもたらした災いに違いない」

「……」

「聞けば、朱豊の鳳璋王は、長く異界人を重用しているというではないか。あの異界人は、公子では飽き足らず、今度は朱豊の王にとり入ろうとしたに違いない」

「それはさすがに……うがちすぎかと……」

「なぜ、そういいきれる。あやつの所行を省みれば、それ以外に考えられんわ！」

巨卿の憎しみは、晨生から冬霜にそのまま移行したようであった。

王族の晨生には向けられなかった激しい憎悪が、異国人の冬霜に向けられる。

いったい、どうしたものだろう。

林宗は途方に暮れた。

そうか。舅殿は、冬霜殿に会ったことがない。あの方にお会いになれば、そんなことができる者ではないと、すぐにわかるはずなのだ。

一度、冬霜様にお会いするよう、申しあげてみようか。

林宗が口を開きかけると、その前に巨卿が言葉を発した。

「林宗よ、冬霜とやらを直接切り捨てねば、儂のこの怒りはおさまらん。今すぐ、自家の兵を集め、益州に向かわせる準備を整える。そなたもついて参れ」

「……はっ」

林宗の願った通り巨卿と冬霜は顔をあわせることになりそうだった。しかし、それは、林宗に嫌な未来しか想像させない。

よりにもよって、切り捨てるとは……。これは困ったぞ。この分では、俺のとりなしなど、舅殿の耳には入らないであろうし……。

再び林宗は途方に暮れつつ、巨卿の室を後にした。

そうして、その日の夕方には、笵氏が抱えている部隊の出発の準備が整った。

巨卿の手際のよさに、林宗は内心で舌を巻く。

そこは、さすが大司馬としかいいようがない。

出発は明朝と決まった。林宗が自邸で留守中の諸事の采配《さいはい》を済ませ、寝室に戻った時、櫳からコッコツと硬い物が当たる音がした。

櫳を覆う板を外すと、そこに鴉が止まっていた。

「夜に鴉など……珍しきこともあるものだな」

林宗が小首を傾げていると、鴉はこれを見ろといわんばかりに脚を突き出した。鱗《うろこ》に覆われた細い足に、布が結びつけられている。

「これをとってほしかったのか。よしよし、動くなよ」

林宗の呼びかけに、鴉が小首を傾げた。その仕草がまるで人のようで、林宗は思わず微笑んだ。

脚に巻かれた布をとると、鴉はひと声鳴いて、虚空へと飛び去っていった。

手にした布を捨てようと林宗が視線を落とすと、白絹に墨で文字が書かれていることに気づいた。

櫳から明かりの近くに林宗が移動し、畳まれた布を開く。

林宗が文字に目を向けると、見覚えある筆跡が飛びこんできた。

「これは晨生様の……。まさか、どうして……」

驚愕《きょうがく》しつつ林宗が急いで文字――林宗あての手紙だ――に目を走らせる。

一読し、内容が信じられず、林宗が二度、三度とくり返して文を読む。

「そうか。そういうことだったのか……」

林宗はひとりごちると、布を火鉢に置いた。

赤々と燃える炭の上で、あっという間に布は燃えて、焦げつき、灰になった。


すでにとっぷりと日が暮れて、周囲は真っ暗になっていた。

晨生らがいる物置には、鄭が隣家から借りてきた火鉢が置かれ、房を温かい空気で満たしている。

それなのに、晨生の視線の先にある冬霜の顔色は、白を越えて土気色に染まっていた。

今にも死にそうな顔色だ。

まさか……このまま、冬霜は死んでしまうのではないだろうか。

晨生がそう心配しはじめる頃、冬霜がおもむろに目を開いた。

「手紙……届けた……」

かすかな声でいうと、そのまま冬霜は目を閉じ、再び眠ってしまった。

「よかった。冬霜、よかった……ありがとう」

晨生が冬霜の頬に手を伸ばす。意識を鴉にのせている間、必要以上に体に触れないよういわれていた。数時間ぶりに、晨生は冬霜に触れることが許された。

「はてさて、かくもすさまじき力よな」

酒杯を手に、向が房に入ってきた。

「冬霜の力は、鳥獣に魂をのせること……か。公子よ、この力、あまり使わせてはならぬぞ」

「もちろんです。これほど衰弱する力を、そうそう使わせたくはない」

力強くうなずく晨生に、向が首を振った。

「そういう意味ではない。……このまま、鳥獣に魂をのせ続ければ、この男、いずれ人らしさが消え、鳥獣と一体化し、人ではないモノに変容するであろう」

「人ではないモノとは……。いずれ、悪鬼と呼ばれるものになると？」

「神獣かもしれんな。あるいは、怪異そのものか。……そうなるまでは、誰にもわからん。公子は、冬霜に人であってほしいのだろう？」

「はい」

晨生は静かに寝息をたてる冬霜を見た。向はいうべきことをいったのか、そのまま、黙

って房を出ていった。

怪我をした冬霜に、力を使わせる自分に——向に警告されてもなお、その力に頼らずにはいられないことに——、強い罪悪感を覚える。

自分の非力さが恨めしく、こんな事態を招いた愚かさが憎かった。そしてなにより、愛する人が断わらないとわかっていて、無理な願いをする自分の非情さが、怖かった。

「君の優しさに甘えなくてもいいくらい、僕は、強くなりたいよ。……いや、ならないといけないんだ」

白金の髪を手にとると、晨生は誓うようにそれに口づけた。

約束の三日がすぎ、傷口もふさがった冬霜は、晨生となぜか冬霜の馬にのった向道士とともに、早朝に鄭の家を出た。

「儂がおった方が、なにかと便利であろう」

向にこれみよがしに傷薬を懐から出されると、冬霜はうなずくしかない。

晨生も異論はないのか、向の同行を黙認していた。

牛が引く荷車に冬霜がのり、むしろをかぶった。驚いたことに、荷車には晨生が向に与えた酒壺がのっていた。向は、ここまで酒壺とともに移動してきたのだ。

荷車の脇には、道士の弟子に身をやつした晨生が騎乗し、馬を歩かせている。

「俺が伏している間に、向道士とすっかり仲がよくなったのだな」

「道士に遺恨がないといえば嘘になるけど、僕が力を失わなかったら、冬霜と会うこともなかった。そう考えたら、前ほど腹は立たなくなったよ。なにより、君の命の恩人だからね」

「そうか。……人を恨みながら生きるのはつらいことだ。向道士を許せる気になれたのなら、これ以上、おまえにとってよいことはない」

冬霜の言葉に、鳥籠の中で大きなミミズクがうるさいとばかりに短く鳴いた。

このミミズクは、鄭に頼んで入手してもらった。最初は冬霜を警戒していたが、たった一日で手から餌《えさ》を食べるくらい懐いている。

冬霜がむしろの隙間から外を眺める。遙《はる》か彼方に土煙があがっていた。あれが巨卿の率いる騎兵隊二百だということは、すでにわかっている。

「やるな……。さすがは大司馬、と褒めておこうか」

冬霜の武将としての血が騒いだ。

青瑛から丸二日で騎兵隊をここまで率いてきた巨卿は並の手腕ではない。おそらく、休息は最低限、下手をすれば昼夜兼行での進軍だった。

無意識に冬霜が剣を手元に引きよせた。

これから、晨生は巨卿と対峙《たいじ》するといっていた。

二対二百。しかもこちらは死線を越えたばかりの冬霜と、兵としての訓練を受けていない晨生で、蒼萃一の騎兵隊と向きあうのだ。

正気の沙汰《さた》ではないな。

冬霜ならば、決して思いつかない発想であった。

俺だったら、どうしたら逃げられるか、それだけを考えるだろう。

矛で脇腹を抉られ、気絶し、冬霜が目覚めた時には、晨生はかわっていた。

今までにはなかった、鋼の芯《しん》のようなものが見え隠れしている。

俺は、それを信じる。

心の中で、冬霜がつぶやく。

ゆっくりと三人は目的地である益州の州都・甘棠《かんどう》へ向かった。

二百騎の兵馬が突然訪れて、不自由なく滞在できるのは、広阿の近くではここしかない。

途中、巡回する兵に声をかけられたが、向が術を使い、煙に巻いてやりすごした。

「どうだ。儂がいると、便利であろう？」

「まったくです。道士には、どんどん借りが増えてしまいますね」

「旨い酒をたらふく呑ませてもらえれば、それで十分よ」

屈託ない口ぶりで晨生が軽口で応じ、向が呵々大笑《かかたいしょう》する。

やがて日暮れ時となり、あっという間に周囲が暗くなる。

むしろの隙間から冬霜が空を見あげると、満天の星々が、ちかちかと瞬いていた。

その向こうに炬火《こか》が見える。甘棠の外壁で焚かれる篝火《かがりび》であった。

外壁の周囲は、田畑とわずかばかりの林が点在するばかりだ。

見晴らしのよい場所で荷車を止めた。晨生が荷車から薪《まき》を降ろし、冬霜がそれに火をつけた。白い煙がうねりながら空へとあがってゆく。

「さて、行ってくるぞ」

そういうと、冬霜が鳥籠《とりかご》に真向かい、ミミズクと目をあわせた。

冬霜の意識がミミズクにのり移る。斜めに倒れかけた冬霜の抜け殻を晨生が抱き留め、車に寝かせた。

「すまない、冬霜。約束する。……君の力を借りるのは、今晩が最後だ」

沈痛な面持ちで晨生がミミズクに語りかける。

『気にするな』

そう返したつもりで、ホウ、と鳴く。そして、晨生が差し出した文を嘴《くちばし》で咥《くわ》えた。

冬霜は翼を羽ばたかせ、甘棠にいる林宗のもとへ向かった。

音もなく静かに夜の闇《やみ》を飛び、外壁を越える。暗闇から現れたミミズクに、衛兵が驚きの声をあげた。

冬霜は郭内を飛行し、牧の邸宅で林宗を見つけた。林宗は、いつ使いが来ても大丈夫なようにか、寒いのに櫳の覆いを外していた。

冬霜は、一度、ひらりと櫳の前を横切り、それから櫳枠に着地した。枠の隙間から、ぐいと嘴を突き出すと、林宗が文を受けとった。

「お使い、ご苦労様」

以前渡した白絹の文で、鳥を使いにするとは書いたが、冬霜がのり移っていることは記していない。

林宗はミミズクをよく訓練された家禽《かきん》と思ったか、優しく礼を述べた。

櫳の覆いを外していたことといい、本当に林宗は誠実でいい男だ。

冬霜は心の中でつぶやくと、翼を羽ばたかせ、主殿を見おろす木の枝に止まった。

しばらくして、甲に身を包んだ巨卿と林宗が建物から出てきた。

「本当に、公子がすぐ近くに参ったというのだな?」

「使いがもってきたこの文に書いてあります。この筆跡は、公子のもの。公子が嘘を書いているのではない限り、公子はこの近くにいるはずです」

「ううむ」

「この文にあった通り、私と大司馬のふたりだけで、公子に会いに行きましょう」

「いや。騎兵も出す。静かに大人数で囲んでしまえば、いかに冬霜とやらが剛の者でも逃げはできまい」

やっぱり。晨生の予想した通りになったか。俺でも、巨卿と同じ選択をするが。

冬霜は聞き耳をたてつつ、苦笑しそうになった。

相手の出方がわかっている間は、うろたえずに済む。

そして、巨卿らが騎乗し、門に向かったところで冬霜も郭外へ移動した。

甘棠には東西南北にひとつずつ門がある。そのうち、西門から巨卿と林宗と二十騎が、南北の門から、それぞれ約百騎の騎兵が出た。

南北の門から出た騎兵は、ゆるやかな弧を描くように移動する。そして、巨卿らは目印として指定した煙の方へ直進する。

それを確かめると、冬霜はまっすぐ晨生のもとへ帰った。

「お帰り、冬霜」

音もなく宙を舞い、自ら鳥籠に入ったミミズクに晨生が声をかける。

冬霜は意識を体に戻すと、ゆっくりと身を起こした。

「……ただいま。巨卿は、やはり子飼いの騎兵をすべて出してきた」

「そうか。……予想通りだな。おかげで、心おきなく暴れられる」

そう嘯《うそぶ》くと、晨生が空を見あげた。晨生が口の中でつぶやくと、みるみるうちに雲がどこからともなく現れて、小さな光を隠してしまった。

しかしまだ、月は出ている。優美な弧を描く三日月が、東の空で輝いていた。

「──すさまじい力だな」

自分の異能とは、まったく質の違う力に、冬霜が感嘆の声をあげた。

それから、荷車にちょこんと座った老人に冬霜が目を向けた。

「向道士はどうされる？　じきに巨卿らが来ます。逃げるのならば、今のうちかと」

「なにをいう。王族が力を使うところを間近で見られる機会などそうそうないというのに、儂にここから去れというのか！」

「そういうわけでは……。ただ、場合によっては、道士の安全を保証しかねるので」

「儂のことは気にせんでいい」

向は瓶から柄杓で中身をすくうと、喉を鳴らして酒を呑んだ。

冬霜は苦笑して矢筒を肩にかけ、弓を手にして甘棠を遠見した。

地平線に土煙が見えた。ほどなくして、二十余りの騎馬が駆けてくるのが見えた。

冬霜は矢をつがえ、放った。ゆるく弧を描いて飛んだ矢が、巨卿の兜に当たる。

「お見事。冬霜は矛も剣も弓も、本当に上手だね」

「それ以外に、能がないからな」

晨生の称賛の言葉に、冬霜が謙遜《けんそん》で返す。

そして、矢の洗礼を受けた巨卿らが、馬の脚を止めた。

風は、冬霜らの背後から吹いている。巨卿の配下の兵が矢を放つが、不自然に吹いた強い逆風に勢いを削《そ》がれ、冬霜らには届かない。

天気を操るということは、風を操ることである。この冬霜らに味方する風も、晨生の力によるものだ。

それから、晨生が朗々とした声を放つ。

「止まれ！　巨卿と林宗だけ、こちらに来るのだ。笵家の兵は、その場に留まれ」

晨生の声が風に乗って巨卿らのもとに運ばれてゆく。

巨卿と林宗が馬上で話し合い、二騎がゆっくり近づいてきた。

ふたりの後を追おうとした騎兵がいたが、冬霜が矢を馬の足元に放ち、牽制した。

「そなたら、余計なことはせず、そこでおとなしくしているのだ」

そういい放った晨生は、冬霜が見惚《みと》れるほどに凛々《りり》しく、王族の——いや王の——威厳に満ちていた。

晨生と巨卿らの距離が三丈（六・九メートル）ほどになり、馬の脚が止まった。

「久しぶりですな、公子」

横柄な口調で声をかけた巨卿に、晨生がぴしりといい放つ。

「無礼者！　公子と話すというのに、騎乗のままか！」

「な……っ」

晨生がこれほど高圧的な態度に出たことは一度もなく、巨卿の顔が真っ赤に染まる。

しかし、巨卿が怒声を放つ前に、林宗が馬から降り、地面に膝をついた。

「ご無礼をいたしました。……大司馬、さぁ」

林宗にうながされ、巨卿は不承不承といった様子で馬から降りた。しかし、林宗のようにひざまずきはせず、立ったままであったが。

巨卿は大きな目をギョロリとむきだし、晨生の隣にそっと立つ冬霜を睨みつけた。

「おまえが、冬霜か」

「お初にお目にかかります。大司馬の名は誉れとともに紫豫にまで鳴り響いております。高名な将軍にお会いできたこと、この淑冬霜、光栄に存じます」

半ば本気で冬霜が恭しく巨卿に挨拶《あいさつ》をする。

弓矢を手に立つ冬霜は、その髪と瞳の色も相まって、まるで月の化身のように清冽《せいれつ》な美しさをまとっていた。

巨卿は、冬霜の凜々しい姿に予想が外れたという顔をした。

しかし、すぐに忌々しげに冬霜を睨み、口を開く。

「その方が、公子をたぶらかしたか……」

巨卿の言葉から冬霜を庇うように、晨生が一歩前に出る。

「冬霜は私をたぶらかしてなどはいない。私が、彼に惚れたのだ。私は、彼以外の者を愛することはできない。……だから、私たちをこのまま見逃してはくれないだろうか」

「できぬ。公子をたぶらかした紫豫人はその存在が不祥そのもの。太廟で犠牲にする。公子は景珠様を娶り夫婦となり子をなす。それが、道理というもの」

「道理！　笑わせるな、巨卿。私に道理を外れたことを最初にしたのはおまえではないか。そこにいる林宗の妻、春華は、かつて私の許婚《いいなずけ》であった。それを、力を失ったとたん、私になんの断りもなしに林宗に嫁がせたおまえの行為こそ、道義に外れていたではないか」

「……っ」

「舅殿、それは、真実《まこと》か……⁉」

巨卿が言葉につまり、林宗が信じられないという目で舅を見た。

冬霜は眉をよせ、前方に気を配りつつ、晨生を横目で見た。

晨生の過去を想うだけで、冬霜の胸が痛んだ。

「巨卿。私は、おまえに指図されるのは、もうご免だ。私はおまえの手駒《てごま》となり、人形のように生きるつもりはない。公子として受けた恩恵は、紫豫への北伐に従軍したことで、もう返しただろう。私は、冬霜とともに生きてゆくという望みを叶えたいだけなのだ。……それを邪魔する者は、すべて敵だ」

底冷えのする瞳で晨生が巨卿を見すえた。

巨卿は別人のように肚の据わった晨生に、臆《おく》したような目をしたが、すぐにいつもの傲《ごう》岸《がん》さをとり戻した。

「公子が私を敵とおっしゃるか？　公子の命は、私が背後の騎兵を呼びよせれば、あっという間に消すこともできるというのに？　大口を叩くのも、いい加減になされよ」

「巨卿よ、私がなんの勝算もなしに、おまえに挑むとでも思っているのか？　おまえは今、そこにいる騎兵以外にも、甘棠から出した兵で私たちを包囲させようとしている。それを知ってなお、私はここに、こうして、いるのだ」

「……なぜそれを」

「そこにいる老人は、道士。千里眼でなんでも見通してくれる」

急に話をふられた向が、話をあわせておどけた様子で柄杓を巨卿に振ってみせる。

いやはや、なんとも肝の据わった御仁だ。

いまさらながらに冬霜は向の胆力に舌を巻いた。

そして巨卿は、向のふるまいを完全に無視する。

「それで、公子はどうするつもりと？　まさか、道士を味方につけたから、笵家の精鋭二百騎を相手に戦えると思っておられるか？」

「いいや。戦いはしない。道士の助けも請わぬ。私は、私の力を行使すれば十分なのだから。……巨卿よ、私は力をとり戻した。以前よりずっと、強い力を」

晨生の言葉をはったりと思ったか、巨卿が馬鹿馬鹿しいといいたげな顔をする。

「林宗、公子は紫豫人に入れこむあまり、とうとう妄想にふけるようになったようだ」

「大司馬、それはいくらなんでも言葉がすぎます」

春華が晨生の許婚だったと知った林宗が、わずかに冷えを含んだ声で巨卿を咎めた。

晨生は、妄想といわれても感情を害した様子もなく、ただ、巨卿を見返していた。

「――では、雨を降らせるとしようか」

「できるものなら、やってみよ」

晨生の静かな声に、巨卿がこどものようにいい返す。

そして、巨卿が口を閉じるとすぐに、天から雨粒が落ちてきた。

「なっ。……いや、これは偶然よ。先ほどから空には雨雲がたちこめていた」

たちまちのうちに降りだした雨は、晨生ら三人を避け、巨卿と林宗、そして背後の騎兵らを濡らしていった。

林宗は、これほど近くにいて、少しも濡れていない晨生らを見て、顔色をかえた。

「大司馬、晨生様のいっていることは、真実です。その証拠に、晨生様たちの上に、雨は降っておりません」

そう舅に訴えると、林宗はその場で跪拝《きはい》した。

「――晨生様――。いや、王よ――どうぞ、大司馬のご無礼をお許しください」

「林宗、そなた、なにをいい出すのだ！」

「晨生様は今となっては前王の唯一の男子。そしてお力が戻られたのなら、次期王は、この方以外にありえません。大司馬こそ、それをわかっていらっしゃいますか？」

　普段は温厚な林宗が、珍しく声を荒らげた。

「今となっては、王后のお考えも理解できます。確かに、次期国王は、晨生様しかいらっしゃらなかった。……王后こそが正しかったのです」

「林宗、頭をあげてくれ。私は、王になるつもりはない。それよりも、ただ、冬霜とふたりで静かに生きてゆきたいだけなのだ」

「そんなことは、許されぬ。紫豫人は、蒼萃の犠牲にならねばいかんのだ！」

　晨生の言葉に、巨卿が恐慌をきたしたようにわめいた。

　どこまでも冬霜を殺したいと願う巨卿の執念に、冬霜は薄気味悪さを覚えた。

「巨卿よ、蒼萃のために冬霜が死なねばならぬというならば、その前に、私はおまえを殺すしかない。その後で、おまえの騎兵を殺す。――雷よ、下れ！」

　晨生がいい終わらぬうちに、上空から不穏な音がしはじめた。

　うなり声のような、怒鳴り声のようなその音は、次第に大きくなり、そして、あたりが昼間のように明るくなった。

　轟音《ごうおん》とともに、雷が落ちた。しかも、巨卿と子飼いの騎兵の間に。

「――っ！」

「あっ！」

「うわぁっ」

巨卿が息を呑み、背後の兵らが騒ぎ出す。騎兵の中には、雨や雷が晨生の力だと察した者もおり、慌てて馬から降りると、晨生に向かって跪拝する。

雨風のみならず、雷までも操った者は、初代国王以外にいない。

圧倒的な力を手にした晨生に、騎兵は王の出現を確信したようであった。

「――王だ――」

「公子が雷を操った。公子こそが、次期王だ……！」

伝説の王に等しい力を手にした晨生に対し、騎兵らは恐れと怯《おび》えを抱きはじめていた。

瞬く間に騎兵らは戦意を失い、全員が晨生に向かって跪拝していた。

そして、冬霜もまた、騎兵らと同じように、呆然と晨生を見ていた。

力をとり戻したと聞いてはいたが、これほどの力だったのか……。

黒雲を味方につけた晨生は、まさしく地上の王にふさわしい威厳をそなえていた。

冬霜すら、その場にひざまずきそうになるほどの気高さだ。

「……巨卿よ、まだ私の力を信じぬか？　ならば、次は……そう、甘棠の物見櫓《ものみやぐら》、あれに雷を落とすことにしよう」

晨生が遙か遠くに見える物見櫓を指さした。

みるみるうちに、甘棠の上空に雲が満ちた。そして、轟音とともに青白い光の筋が走り、次の瞬間には物見櫓から煙が立っていた。

晨生がどうだという顔で巨卿をねめつける。

「わかったか？　ならば、約束しろ。冬霜を生《い》け贄《にえ》にするのを諦《あきら》める、と。私をこのまま自由にすると」

「それは……できぬ。絶対に、できません。王よ」

ズブ濡れになりながらも、苦渋に満ちた声で巨卿が答えた。

晨生は巨卿の返答に眉宇《びう》をよせた。そして冬霜は、巨卿が晨生に『王』と呼びかけたことに驚いていた。

そうか……晨生は、王になるのか。

血筋と能力、そして笵氏の当主と王后が認めたとなれば、晨生の即位は確実となった。

内心、複雑な想いでいた冬霜は、巨卿の声で我に返る。

「晨生様、あなたこそが、蒼萃王にふさわしい。それだけの力をもった王族を、他国に亡命させることなど、絶対にできません。なにより、私が亡くなった威豪様に、顔向けできぬのです」

巨卿が絞り出すようにいうと、悔しそうに冬霜を見た。

「その紫豫人を生け贄にするのは諦めましょう。だが、妻は……景珠様はともかく、いず

れふさわしい身分の女人を娶ってもらいましょう」

「それは、次代の王を心配してのことか？　巨卿よ、おまえが伯倫を担ごうとしたように、私も誰かふさわしい王族の子を養子にし、王太子とすればいいだけのこと」

軽い皮肉で晨生が返す。巨卿はぐうの音も出ないようで、押し黙るしかない。

「……それに、形ばかりの妻を娶ってなにになる？　夫に省みられない不幸な女をいたずらに増やすばかりではないか」

晨生が冬霜にまなざしを向けた。そして、巨卿にあらためて向き直る。

「巨卿よ、考えをかえてみるがいい。ここで私に恩を売った方が、得策だ、と。私の代で王后を出すことはできなくても、そなたの息のかかった娘を王族に嫁がせれば、次代の王の母后は、その娘がなるかもしれないのだぞ。……私は王太子を、資質と行動をみて、公正に選ぶつもりだ。また、おまえが冬霜の庇護者となってくれるのならば、私が即位した後も、笵氏はこれまで通り、厚く用いられることだろう。いや、それよりも郭氏――林宗に――冬霜の後ろ盾になってもらうか」

晨生の言葉に、林宗が目を丸くした。

冬霜は、これから王宮で王后に等しい存在となる。その後ろ盾を任されるということは、今後、晨生の治政下で郭氏が重くもちいられるということであった。

「それは……もちろん、王のご命令とあらば」

舅をはばかりつつも、王の内意を断れるはずもなく、林宗が再び跪拝する。

「ありがとう、林宗。冬霜は蒼萃に味方が少ない。生け贄は絶対に殺さねばならぬと思いこんだ者たちに、闇に乗じての暗殺や、食事に毒を盛られる危険もある。そなたが盾となり、私の及ばぬ部分を――そこにいる大司馬とともに――補ってくれれば、これに優ることはない」

「晨生、あまり大司馬を追いつめるな」

かつて食事に毒を盛られた冬霜が、そっと晨生に囁いた。

これから王位につくのであれば、あまり恨まれない方がいい。いくら恐れられてもかまわないが、恨みは、策謀の芽となるからだ。

「わかっている。君房をこれから処罰するのに、巨卿まで敵に回しては、国の運営が心《こころ》許《もと》なくなるからね。――さて、巨卿よ、どうする？」

「紫豫人――いえ、冬霜様の後見に、私がなりましょう」

殺すつもりだった人物の保護を任され、巨卿は切りかえに四苦八苦しているようであった。しかし、結局は晨生の意向を受けた。

「ふん。……大司馬よ、よきことを教えてやろうか」

酒精で顔を赤らめた向が、もったいぶった口ぶりでいった。

巨卿は一介の道士に上から物をいわれ、不愉快そうであった。

それでも「教えてくれ」と返したのは、さすがであった。

「太廟の犠牲だが、冬霜が髪を切り、冬霜の名を書いた人形《ひとがた》とともに捧げるのだ。その上で冬霜がこれまでの名を捨て、蒼萃の民となれば、社の神は祟らぬよ」

「なんだと……」

「道士、それは本当ですか!?」

晨生が目を丸くして真偽を問う。

「嘘をついてどうする。この方法は、儂が師匠から教わったのだ。……儂の師匠は、昊昭王とともに、この術を完成させた仙人よ。殺すに惜しい武将を捕らえた時は、こうやって戦勝報告をしたのだ。……いつの間にやら、太常からその法は失われたらしいがな」

「…………なんてことだ」

うめくようにつぶやいた巨卿が、晨生と顔を見あわせた。そして、林宗や冬霜も、呆然と道士を見やる。

そんな解決法があったとは……。つまり俺は、死ななくても……いや、無為に命を狙われることが、今後なくなるのだな。

冬霜は脱力し、その場に膝をつきそうになった。全身から緊張が抜けた冬霜の耳に、晨生の声が響いた

「……そうか、そうだったのか！　そんなことでよかったのか」

そして、晨生が笑いながら冬霜を抱きしめる。冬霜も笑顔で晨生の体を抱き返した。

「俺は、生け贄にならずに済むのだな」

「そうだよ。君は、なんの憂いもなくこの国に留まれるんだ」

ふたりは抱きあいながら笑い続けた。今まで張りつめていたものがゆるみ、安堵のあまり笑わずにはいられなかったのだ。

いつの間にか雨が止んでいた。

月と星が輝き出した空に、ふたりの笑い声が響いていた。


巨卿との和解がなり、冬霜と晨生は、向とともに甘棠に向かった。

甘棠に一泊した後、巨卿の私兵を護衛に、一行は青瑛へ帰還する。

青瑛へは甘棠を出て四日目の夕方に到着した。永楽宮に戻る前に、冬霜と晨生は藍宝城へ行き、太廟での儀式を行うこととなった。

「こういうことは、さっさと済ませてしまった方が、なにかと、よろしい」

巨卿は、社の神の怒りを心底恐れているようだった。

「しかし、急に藍宝城に行って、儀式はできるのですか？」

「早馬で太常に話をつけてある」

冬霜の問いに、巨卿がうなずく。諸事の差配はぬかりなく、さすがは大司馬といったところであった。

藍宝城に着く頃には、太陽は西に沈み、薄闇があたりを覆っていた。城門の前では太常みずからが巨卿に率いられた一行を出迎える。

太常の馮が、向をうろんげな目で見つめていた。田舎道士が大司馬に厄介なことを吹きこんだ、とでもいわんばかりの顔をしている。

向は軽蔑《けいべつ》の視線にも頓着《とんちゃく》した様子もなく、ひょいひょいと杖をつきながら馮に近づいた。馮の目の前で手を奇妙な形に組み合わせると、小声で何事かを囁いた。

「…………っ、まさか、あなた様は……っ!!」

馮の顔色が変わり、その場で向にむかって平伏する。

太常というのは、神に奉職しているせいか、王以外に——たとえ三公であろうとも——ここまで敬譲することはない。

「よいよい。顔をあげよ。ほれ、公子や大司馬が奇妙な顔をしておるぞ」

「はい……。では、こちらに」

馮は真っ青な顔で一行を大常の役所の奥へ案内した。

冬霜はひとりにされ、まず湯浴みをし、身を清めてから縞素《こうそ》に着替えさせられた。

「今度は、赭衣《しゃい》ではないのか?」

冬霜が役人に尋ねると、「儀式が違いますから」という答えが返ってきた。

そして髪を梳き、ひと束に結ぶと、太廟の地下へと案内された。

石の階段を下りるうちに、冬霜は、初めて晨生と肌を重ねた時のことを思い出していた。

思えば、蒼萃の捕虜となり、晨生と出会ってからのすべてが、嵐《あらし》のようであった。

殺される覚悟で捕虜となり、あわやというところで命を救われた。

五年ぶりに性交し、初めて感じることを知り、恋をした。

恋人と結ばれたと思ったら、命を狙われ、そして亡命まで決行した。

指折り数えてゆくうちに、冬霜は自然と苦笑していた。

「これほど濃密な日々は、なかったな。おそらく、もう二度とないだろうが」

いや、正確には、二度もあってほしくない、といったところか。

「冬霜」

遅れてやってきた晨生が、やや緊張した声で呼びかける。

晨生は、あの時と同じ、濃紺の裳と袍に、宝剣と思しき剣を佩いていた。

「待たせたな」

最後にやってきたのは、銀糸の刺繍《ししゅう》をほどこした紫の袍と裳をまとった向であった。その後に馮が続く。

「冬霜、そなたはこちらへ」

祭壇の横に、木と縄で作った結界があった。縄の四方には、札が短冊のように一枚ずつ吊《つ》りさげられている。

向が先に中に入り、冬霜に手招きをする。冬霜が中に入ると、向が懐から人形《ひとがた》に切られた紙をとり出した。

人形の中央には、淑冬霜、と、冬霜の名が書いてある。

「これに、三度息を吹きかけよ」

向の言葉に従い、冬霜が息を吹きかける。向はそれを馮に渡すと、次は帯に挿していた短刀を手にした。

「さて、次はそなたの髪を切る。根元からばっさりいくぞ」

「待ってください。その役、私にかわってはもらえませんか？」

今まで沈黙していた晨生が、声をあげた。

向は馮と顔を見あわせ、そして「かまわんよ」とうなずいた。

「公子よ、好いた者の髪を他人に切られるのは、それほど嫌か」

この場にふさわしくないにやけ顔で向が尋ねると、晨生が大真面目な顔でうなずいた。

「当然です。彼のすべては、髪の一本に至るまで、私のものですから」

「いや、俺は俺のものではないか？」

冬霜の主張は軽く流され、晨生が短刀を手に、髪の束を左手ですくいあげた。

うなじに晨生の視線を感じて、冬霜の肌がざわめいた。

こんな時でも、晨生に見られると嬉しいのだな、俺は。

そう心の中で冬霜がつぶやく。そして、冬霜は注がれるまなざしから、晨生が髪を惜しんでいるのがわかった。

「……髪は、切っても、また伸びる」

「そうだけど……。根元からっていうのは、もったいないなと思って」

「ありがとう。だが、儀式に必要なのだからしょうがない。ばっさりやってくれ」

「わかった」

軽く後頭部が引っ張られたかと思うと、耳元でざくざくと髪を切る音がした。

「終わったよ」

晨生の声がすると、冬霜は水に濡れた犬のように体をぶるっと震わせた。

「頭が軽い。髪というのは、案外重いものなのだな」

短髪となった冬霜がふり返る。晨生は白金の髪を口惜しいという表情で見つめていた。

「ほれ、さっさと髪をよこせ」

いつまでも冬霜の髪を離しそうもない晨生に、向が手を伸ばした。向は髪を受けとると、
馮がもっていた人形の上に置き、植物の茎でひとまとめに結わえた。

それを馮が両手で捧げもつと、向が口の中で呪文《じゅもん》を唱え、刀印にした手で紙の上に模様

を描くように動かした。

「さて、これでこの人形が淑冬霜となった。……冬霜はそのまま、そこにいるのだ。儂がよいというまでそこから出るでないぞ。公子はこちらに来て、その立派な剣でこの人形を真っ二つにせよ」

「……わかりました」

晨生が手を伸ばし、短くなった冬霜の髪をひとなでする。それから、供物の置かれた机《き》の前に移動した。

「よいか、この人形を冬霜と思って切るのだ」

机にたてかけられた人形を、晨生がまじまじと見おろした。

「向道士、たとえ人形であろうとも、私には、とても冬霜を切ることはできません」

真顔で訴える晨生に、向がやれやれという顔でため息をつく。冬霜は、呆《あき》れつつも晨生の自分への想いの深さに微苦笑する。

そして、向はおもむろに晨生の髪を数本引き抜いた。

「痛っ。いきなり、なにをするのですか！」

「……儂がかわりに切ってやる。その剣を貸すがよい」

向が晨生の髪を右手の指に絡め、晨生がさし出した抜き身の剣を握りしめた。

「よいか。本来は、戦に赴いた王族の男子がせねばならぬことなのだぞ。まったく、いくら惚れた相手とはいえ、なんとふがいない。……だがまあ、だからこそ、駆け落ちしてまで命を助けようとしたのだろうがな」

　ぼやきながら向が柄を握り直し、人形を一刀両断した。見事にまっぷたつとなった人形を、複雑な模様の浮かぶ円環の取っ手のついた青銅製の四角い箱の中に入れた。

　青銅の箱は、松明《たいまつ》の光を受け、怪しく黄金色に輝いていた。

　向は箱の中に札を入れ、そして次に火種を入れた。髪の焼け焦げる異臭が漂う。

　じっと向は青銅の箱を見つめ、凴にうなずいてみせる。

「……これで、生け贄を捧げる儀式は終わりだ。次は、再生の儀式の番かのう」

「再生の……儀式？」

　晨生が聞き返し、冬霜と顔を見あわせる。

「前に教えたであろう。生け贄となった者は、過去の名を捨て、新たな名を得て蒼萃の民になる、と。今、この場で新たな姓を選ぶのだ」

「新しい姓を選ぶ……？」

　おうむ返しした冬霜に、向がうなずいてみせる。

「そうだ。姓がかわるということは、霊統がかわるということだ。姓をそなたに分け与える者にとっては、そなたを新たに一族に迎えるということだな。……それだけではなく、万が一、迎えた者が紫豫の内通者となった場合、責任もとらねばならぬから、かなりの覚悟がいる」

「確かに」

生け贄の儀式で紫豫の将の命が助かる術が廃《すた》れたわけが、冬霜には理解できた。

一族に迎えてもよいという者がいなかった……。あまりにもそれが続けば、さすがにこの身がわりを捧げる方法を伝える必要がないと考える者が出てもおかしくはない。

「……そして、そなたに姓を与え、一族に迎えてもよいという申し出が、三家からあった。笵、郭、檠。そなたはどの家を選ぶ？　……といっても、決まっておろうがな」

向の言葉に、冬霜が息を呑んだ。

笵と郭はわかる。晨生が俺の保護者になるよう頼んだからだ。だが、檠は……、王族ではないか。

「……待て、晨生。紫豫国王の息子の俺が、檠を……蒼萃の王族の姓を、名のれるわけがない。おまえがよくても、周囲が許すはずがない」

驚きに冬霜が目を見開き、晨生に翻意をうながす。

しかし、晨生は首を左右に振るばかりだ。

「もし、冬霜が女であれば、僕の妻だ。そうなれば、僕の姓になるだろう？　だから、檠の姓を受けてほしい。これは僕から君への求婚だ。……それでも受けないつもりかい？」

晨生は笑っていた。こういえば、冬霜が承諾するとわかっているのだ。

そして、悔しいが、俺は……晨生の求婚を断れない。いや、こんなに嬉しいのに、拒めるわけがない。

「馬鹿者……。宮廷がもめるぞ」

冬霜のまぶたが熱くなっていた。

視界も曇り、笑顔で近づいてきた晨生の顔が、滲《にじ》んでいる。

「それは覚悟の上だ。僕はもう、決めたんだよ」

物柔らかで行儀よく、なのに強引にことを進める恋人が晨生の肩を引きよせる。

「君は、今、この瞬間から槃冬霜だ。わかったかい？」

「あぁ……。あぁ……わかった」

温かい腕に包まれながら、冬霜がくり返しうなずく。

こうして、冬霜は槃冬霜となったのであった。


太廟を出たふたりは、その晩、王城の客舎に泊まることとなった。

紫檀の調度品が並ぶ寝室は、甘く豊かな香が漂い、永楽宮と同じくらい上品で贅を凝らした空間であった。

冬霜は全裸で牀に座っていた。その冬霜のかたわらには、裸体の上に袍をかぶった晨生がいて、冬霜の腹部――傷痕――を指でなぞっている。

傷痕は、わずかに赤味を帯びていた。白皙《はくせき》に散る赤は、ことさら目立つ。

晨生に脇腹をなでられるうちに、冬霜の息があがっていった。

「……晨生、そんなに、そこが気になるのか？」

「うん。痛そうだな、と思って……。本当に、もう傷は痛まないのかい？」

「あぁ、すっかり大丈夫だ。だから……気にせず俺を抱いていいんだ」

晨生に許しを与えながらも、本音では、冬霜が晨生と肌を重ねたかった。

淑から檠へ。新たな姓を得た今日という日に、晨生とひとつになりたかったのだ。

冬霜は脇腹にあった晨生の手をとり、口元にもってきた。大きな手のひらに唇を押し当て、そしてくぼみを舌で舐《な》める。

「しないのか、晨生？　俺は……おまえとしたい」

艶めいた声の誘いに、晨生が息を呑んだ。

「……君とするのは、九日ぶりになる」

「そうなのか？」

小首を傾げて聞き返す冬霜に、力強く晨生が返す。

「そうなんだ。……僕は、自重する自信がない。それでもいいのか？」

「もちろんだ」

裸で晨生と向きあい、晨生の匂いを嗅《か》ぐだけで、冬霜はたまらない気分になっていた。

「おまえが、ほしい」

冬霜が晨生の指先に口づける。すると、晨生が冬霜の肩に手を置き、そのまま牀に押し倒した。

「どうなっても知らないよ。……君が、誘ったのだから」

怒ったような顔でいうと、晨生は冬霜に口づけた。

全身で晨生の熱を、重みを感じて、冬霜は目を閉じる。

半開きにした唇を、強く吸いあげられると肌がざわめいた。もっと晨生を感じたくなり、冬霜は晨生の体に腕を回した。

それを合図にしたように、晨生が唇を吸いあげるのをやめ、歯列を舌で舐めはじめた。

「ふ……ん……」

粘膜で晨生を感じて、冬霜の口から吐息が漏れる。

いい……。晨生とするのは、どうしてこんなに感じるのだろう。

全身の肌が粟立《あわだ》ち、目覚めはじめている。体が、晨生に触れて喜んでいる。

「冬霜……。ん……」

晨生は冬霜の名を呼び、冬霜の頬を両手で挟んだ。突き出した舌で冬霜の口腔《こうこう》を荒々しく探り、そして柔らかな肉に絡めてくる。

晨生の舌が熱かった。晨生の体からは、欲情を帯びた熱が放たれていて、それを受け留めるだけで、冬霜もまた、昂ぶっていった。

絡んでくる舌に、挑むように己の舌を巻きつけ、その柔らかい肉を存分に味わう。

「んっ。ん、……っ」

夢中になって冬霜が晨生の舌を、唇を貪る。すると、晨生の手が頬から外れ、白い肌の上をさまよいはじめた。

脇腹をなでられて、冬霜の腰が浮いた。そこは、冬霜の感じる場所のひとつだ。

次は太もも。そして晨生の手は、股間《こかん》へ向かい、性器に触れそうなところで、つい、と逃げるように脚のつけねに至った。

そして、晨生は顔を動かし、口づけを終わらせる。

「……どうして、君とすると、こんなに気持ちいいんだろうね」

甘い声で囁きながら、晨生が冬霜の顔をのぞきこんでくる。

「わからない。だが、俺も同じだ」

いくどもねぶられ、濡れて赤く染まった唇で冬霜が答える。すると、晨生が冬霜の手をとり、上体を起こした。

牀に座った冬霜の背後に晨生が移動し、そして、冬霜を抱えるように肌を密着させる。

冬霜のうなじに熱い息が吹きかかったかと思うと、柔らかい肉が押し当てられた。

「髪の毛、明日になったら整えないとね。後ろの方はがたがただ」

そういうと、晨生は冬霜の首のつけねに顔を埋《うず》め、白い肌に歯を押し当てる。

「んっ」

わずかに痛みが生じるが、それは、すぐに快感にかわってゆく。

晨生の舌がねっとりとした動きで上へと移動する。濡れた肉の愛撫に、冬霜はおののきに似た快楽を覚えた。

その間に晨生の手は、冬霜の胸の飾りに至っていた。

淡く色づいた乳輪に触れ、小さな突起をこねくり回し、勃起《ぼっき》したそこを指で摘む。

「あ、……っ。ん……っ」

噛む、摘むといった、少し乱暴な愛撫に冬霜の股間が息づきはじめた。

自重できない、といっていたように、今日の晨生は荒々しい。

かといって性急でもない。冬霜の局部にはまだ触れていないし、なにより秘部を馴《な》らしはじめていない。

晨生が冬霜の耳たぶを唇で挟む。耳の裏に唇を押しあてられ、強く吸われると、またしても肌が粟立った。

「あ、あぁ……あ……」

冬霜の息があがってくる。

もう、なにをされても気持ちがいいのだ。晨生に触れている肌は、晨生のみじろぎにさえざわめき、感じ、冬霜の体を昂ぶらせてゆく。

そして、体が熱くなり、股間に血液が集まりだすと、冬霜は無意識のうちに晨生の股間に背中――尾てい骨のあたりだ――を押しつけていた。

独特の熱を感じると、冬霜の腰がゆらめいた。

しまった。俺ばかりが気持ちよくなっている。以前、晨生が気持ちよくなる時は、ふたり一緒だ、といっていたのに……。

そのことを思い出した冬霜は、腕を後ろに回し、手探りで晨生の陰茎に触れた。

「んっ。……冬霜、触ってくれるの？」

「あぁ。おまえを、気持ちよくしたいから」

ぎこちない動きで茎の表面をなでると、晨生が冬霜の顔を持ちあげ、口づけた。

「冬霜、ありがとう。愛してる」

「俺、も……。おまえを、んっ。愛している」

甘やかなむつごとを囁きながら、ふたりは互いの口を吸い、そして相手の体を愛撫する。

膨らみ、そして硬くなった乳首は、乳輪に円を描かれるだけで快感を生んだ。

晨生に尖《とが》らせた舌で舌先をつつかれると、冬霜の陰茎が勃《た》ちあがり、股間で揺れる。

「あっ。……んっ。……っ」

冬霜の口から口吸いの間に声が漏れる。

「っ。……んっ。んん……」

晨生もまた、唇を吸いあげながら冬霜の愛撫に気持ちよさげな声を出していた。

冬霜の茎がすっかりそり返る頃、晨生が口を開いた。

「そろそろ、馴らしはじめたい。いい？」

「もちろんだ」

閨《ねや》のことで、冬霜は晨生の求めを断ることはない。

「じゃあ、四つん這《ば》いになって」

そういうと、晨生が枕の方に置いてあった軟膏——潤滑油——の器に手を伸ばした。

冬霜はいわれるままに牀に両膝をつき、まろやかな双丘を晨生に向けた。

引き締まった形のよい臀部《でんぶ》を見て、晨生がうっとりと息を吐く。

「君のお尻は、すごくいいよね」

「そうか？」

「うん。すごくいい感じに肉がついてる。弾力があって……触り甲斐がある」

晨生が軟膏の蓋をあけると、たっぷりと中身をすくった。冬霜の股間に手を入れると、
平らな部分から尻穴、そして割れ目にそって指で辿る。

「ん……っ」

すっかり嗅ぎなれた軟膏の匂いが、冬霜の鼻腔をくすぐった。

性交する時はいつもこれを使う。そのせいか、匂いを嗅いだだけで、冬霜の下腹部が熱くなりはじめた。

冬霜の先端が充血して赤味を増す。すぼまりに軟膏を塗りこめられると、みるみるうちに蜜《みつ》が溢れてきた。

「ん……っ」

冬霜の手が夜具を握りしめる。

晨生が軟膏を追加した。体温でとけ、液状になった軟膏が肌に浸透していった。

体が……中が……熱く、感じやすくなってきた……。

そして、油をまとった晨生の指が秘所に侵入してきた。広がり、粘膜で晨生を感じると、それだけで冬霜はたまらなくなる。

「あっ。あ……っ」

声をあげた冬霜の目尻から、涙が一筋流れ落ちる。

気持ち、いい……。

びくびくと粘膜が震えている。晨生は冬霜の反応に嬉しげに笑うと、馴らしながら白いうなじに唇で触れた。

背中に、晨生の体が密着している。

肌の感触、欲望を含んだ熱、そしてうなじを軽く噛まれて、冬霜がのけぞった。

全身で感じる。晨生を……。

「や、あ……。いい……」

快感に瞳を潤ませながら、冬霜が口走る。

晨生は、冬霜の白磁のような肌を甘噛みする。食べてしまいたいくらい愛おしい、とでもいいたげな愛撫であった。

「ん、あぁ……。っ。うっ」

冬霜の先端は、いつの間にか透明の蜜で濡れていた。

晨生の手が尻の肉を鷲掴《わしづか》みにし、もまれるだけで、血が、熱が、股間に集まった。

「そろそろ、限界？」

するりと冬霜の陰茎をなであげ、晨生が尋ねた。

「あ、あぁ……」

瞳を潤ませ冬霜がうなずく。

「先にイかせてあげるよ」

「いやだ……。おまえと、イきたい」

潤んだ瞳で冬霜が訴えると、晨生が甘やかな笑顔を返す。

「あのね……イく前の君より、イった後の君の方が、ここの具合がいいんだよ」

晨生が左手を冬霜の尻に回し、襞《ひだ》を指でなでた。

強くそこが脈打ち、いいようのない欲望がこみあげる。

「……っ。それなら、いい」

こっくりと冬霜がうなずくと、晨生が「ありがとう」と嬉しげに答えた。

晨生は冬霜をあおむけに寝かせると、股を大きく開かせ、そして真っ赤な充血した先端を口に含んだ。

「あっ」

温かく湿った肉に包まれて、冬霜は思わず声を漏らした。

晨生はゆっくりと竿《さお》を口に含んでゆく。先端が喉の粘膜に当たると、それもまた、強い快感を呼び起こした。

茎が脈打ち、血流が速まる。

あぁ、晨生……。晨生……っ。

公子で、次代の王となることがほぼ決まった晨生が、そこまでするのだ。

冬霜が自分に注がれる愛情の強さを、深さを、全身で感じていた。

晨生……。俺のすべて。誰よりもなによりも、大切な人。

まばたきしたはずみに、冬霜の瞳から涙が流れた。

かつて冬霜がそうしたように、晨生が袋を口に含み、唾液《だえき》で濡れた陰茎を愛撫する。

裏筋をなでられ、継ぎ目を擦《こす》られると、たらたらと蜜が溢れた。

「はぁっ。あ……、あっ。んっ」

もう……もう、イく……。

「しんっ、せい……っ」

冬霜が晨生の手の甲に爪《つめ》をたてる。

腰をくねらせる冬霜を愛しげに見つめていた晨生が、腕の動きを速めた。

「っ。……っ、ん……っ」

巧みな動きに誘われて、冬霜は精を放っていた。

久しぶり――晨生の言葉を借りるならば九日ぶりだ――の射精に、そり返った茎から勢いよく白濁が放たれた。

胸元まで飛沫《ひまつ》で汚しながら、冬霜は目を閉じ、浅い呼吸をくり返す。

そして、冬霜は晨生の視線に気づき、瞳を開けた。

「……どうした？」

「うん。やっぱり君のイく顔は、最高にそそる……って思って。ほら」

くったりと投げ出された冬霜の手を掴むと、晨生が股間に導いた。

まだ、ほとんど愛撫をしていないのに、晨生のそこは硬くそそり立っていた。

「本当だ」

冬霜は微笑み、太い幹を指先で愛撫する。

裏筋をなぞっただけで、大きく揺れる肉棒が愛おしい。亀頭と茎の継ぎ目をなぞると、
そこはもう先走りで濡れていた。

「……挿《い》れないのか？」

「挿れたい」

「では、挿れるといい」

晨生の男根を愛撫しながら、冬霜が股を開いた。

軟膏を塗りこめられたそこにまなざしを向けたとたん、晨生の瞳がぎらついた。

「晨生。俺も……おまえが、ほしい」

そういった瞬間、冬霜のぽっかり開いたそこが、寂しさに襲われた。

熱くて硬いそれを受け入れ、中をいっぱいに満たしたかった。

「晨生……っ」

晨生の視線は、まるで実際に触られているかのような圧力があった。見られるだけで、
ひくついてしまう。

早くほしいといったのに……。

いっそのこと、晨生を押し倒し、無理やり体をつなげてしまおうか。

そうするだけの腕力も体術も、冬霜にはある。

冬霜が思いつきを行動に移そうとした時、ようやく晨生が動いた。

白い腿《もも》に手をかけて、枕を冬霜の腰の下に入れた。先端をすぼまりに押しあてる。

「冬霜、さっきはずいぶんと、ものほしそうな顔してたよね」

「……」

「あそこも、ひくひく動いて……。出したばかりなのに、もう膨らみはじめているし……最高にいやらしかった」

「おまえが、さっさと挿れないからだ。……あっ」

痴態を解説されて、あまりの恥ずかしさに冬霜がいい返すと、すかさず晨生が楔《くさび》を挿入しはじめる。

熱い肉が襞をこじ開けながら入ってくると、冬霜の意識は、そちらに向いてしまう。

「ずるい、っぞ。……晨生」

「なにが？」

文句を封じられた冬霜が、快楽に潤んだ瞳で睨みつけるが、晨生はどこ吹く風とばかりに、朗らかに受け流す。

「ごめん。……でも、君が全身で僕をほしい……と思っているのがわかって、嬉しかった」

「……」

「嬉しかったんだよ、僕は。とてもね」

愛しげなまなざしでそういわれると、もう、冬霜はなにもいえなかった。

晨生がなにをしても、俺は許してしまう。

「しょうがないな。おまえの、好きにするといい」

いつの間にか入っていた先端を、冬霜がぎゅっと締めつける。

「あっ。……っ」

晨生が小さく声をあげた。そうして冬霜が力をゆるめると、今度は晨生がいっきに茎を半ばまで挿れてしまう。

「あぁ……っ」

粘膜の中に潜んだ性感帯を刺激され、冬霜が声をあげてのけぞった。

波紋のように広がる快感に、内壁が震え、楔に絡みつく。

「あぁ……。あ、ん……っ」

肉の壁をかきわけ、男根が冬霜を満たしてゆく。

もう少し奥まで……ああ、きた。ここだ……。

冬霜の体は、すでに晨生の形を覚えていた。

奥まで達した肉棒を、柔らかい肉が包みこむ。

「あぁ……。熱い。君の中は。熱くて、本当に気持ちいい」

「俺も、……嬉しい。おまえを中で感じるのは、最高の気分だ」

冬霜が腕を伸ばして、晨生の体を抱きしめる。

汗ばみ、熱を帯びた肌が密着し、冬霜は身も心も甘く温かな感情に満たされた。

「これで本当に、縶冬霜になった…………気がする」

「……そう」

吐息のような告白に、晨生が穏やかな目をしてうなずいた。

そして晨生が顔をよせ、冬霜に口づけする。

「ん……」

唇を重ねただけの口吸いであったが、それでも冬霜は感じていた。

無意識に後孔に力が入り、楔を締めつける。すると、中で晨生が大きくなった。

射精でとろけた肉と硬い楔が密着し、冬霜の胸が震えた。

あぁ……晨生が、感じている。俺の体で、気持ちよくなっている。

その実感が、冬霜を昂ぶらせ、青の瞳が緑みを帯びた。

青緑色の目を見た晨生が、息を呑み、そして口角をあげた。

「いくよ」

小さく律動の開始を告げるやいなや、晨生がおもむろに腰を引き、冬霜を貫く。

「あっ……っ」

切っ先は正確に冬霜の性感帯を抉っていた。肉の芽から生じた快感は、瞬く間に冬霜の体に広がってゆく。

余韻に浸る間もなく、晨生が腰を引き、冬霜に楔を穿《うが》った。

「あっ。あ、……っ。あっ」

立て続けに擦られ、抉られ、貫かれ、冬霜が身を捩《よじ》った。

いっきに集まった血液に、性器がゆらめき、勃ちあがる。

「感じてるね。……冬霜のここ、また大きくなってるよ」

晨生が冬霜の耳元で囁いた。吹きかかる息に冬霜が肩をすくめると、晨生は冬霜の首のつけねに唇を当て、そして甘嚙みをする。

いくども吸われ、歯を立てられて、そこは鬱血して痕が残っている。

「そこ……、嚙むの、好きなのか？」

「どうして？」

腰を動かし、冬霜を楔でかき回しながら晨生が尋ね返す。

「そこ、んっ。……するたびに、あっ、痕を……つけるから」

「これは、刻印。君が僕の物という証。ここに吸い痕がついていたら、誰も君に手を出そうとは思わないだろう？」

軽やかに、晨生が嫉妬《しっと》深い発言をする。

思いがけない答えに、冬霜は目を見開いた。

「おまえ以外……んっ。俺をほしがる者は、あぁ……、いない、と……」

浅くなんども突かれ、冬霜の先端から蜜が溢れた。

晨生は大きく腰を引くと、今度は深く楔を穿つ。

「本当に、そうだといいのだけど。生憎、僕は慎重な質《たち》だから。打てる手は、ぜんぶ打っておくんだ」

晨生は冬霜の首に歯をたて、胸の突起を摘んだ。

「うぁっ……っ。あっ……」

指の腹で淡い飾りを擦られて生じた快感に、冬霜がのけぞった。

後孔がぎゅっと締まって、晨生の男根と粘膜が密着した。

「はぁっ。いいよ……。どんどんよくなってるね、君のここ」

欲望という熱に浮かれた声で、晨生が冬霜を称賛し、楔で中をかきまわす。

敏感になった肉の壁は、それだけのことに強い快感を覚え、あまつさえもっと気持ちよくなりたいとばかりに、晨生の陰茎に絡みついた。

「もっと……。もっと、晨生……」

「わかってるよ、冬霜。僕も、もっと気持ちよくなりたい」

それから、晨生は冬霜の腰を摑み、本格的に抜きさしをはじめた。

肉と肉のぶつかる音が室に響き、冬霜の喘ぎ声が彩りを添える。

「……っ。あぁ……っ。ん、ん……」

「あぁ、いい。いいよ……冬霜」

晨生がひとつきするたび、晨生の内部に快感が生じた。

抜けそうになるほど腰を引かれると、言葉にならない悦楽に襲われる。

すでに冬霜の先端は透明の液で濡れそぼり、茎が脈打ち、二度目の解放を訴えていた。

いい……。いい。気持ちいい。晨生とするのは、すごく……いい。

久しぶりの交合に、冬霜はそれを再確認した。

「あっ。あ、晨生……。イく……」

昂ぶった肉に追い立てられ、冬霜があられもなく晨生に告げる。さらなる快楽を求めるように、脚を晨生の腰に絡めた。

「晨生……。晨生、晨生……」

頭の中は晨生でいっぱいだった。

いや、晨生に与えられる快楽で、意識が濁りはじめている。

冬霜にとって、快感はすなわち晨生で、晨生という言葉が、いい、感じる、と同義だった。

「ははっ。……冬霜……君は、本当に僕のことが好きなんだ。嬉しいよ」

そういうと、晨生が冬霜の腰から右手を離した。冬霜の股間に手をやると、そそり立った肉棒を包むように握った。

「一緒に、イこう」

「あ……あぁ……。あぁ……」

喘ぎ声とも返事ともつかぬ声で返すと、冬霜が太ももに力をこめる。

中が熱く、そして楔を穿つ晨生も熱かった。

熱と熱がとけあい、混じり、快楽となって冬霜の全身に行きわたる。

熱い……気持ちいい……。晨生……。

太ももだけでは足りないと、晨生の背中に腕を回した。前後に揺さぶられるたびに、しっかりとしがみつき、晨生の背中に爪をたてる。

「あっ。……っ、んっ。んあ……っ」

晨生の抜きさしが単調に、そして速度を増した。

腰が動くたびに、晨生の手も動き、冬霜のそこを刺激する。

前と、後ろと。包み、包まれ、冬霜の股間に集まった熱が、血が、限界に達した。

「……あぁっ……っ」

晨生の手の中で、冬霜が震えたかと思うと、先端から白濁が吐き出される。

「っ。……、あっ。あぁ……っ」

吐き出すたびに、粘膜が収縮し、灼熱《しゃくねつ》の矛を締めつける。

内壁で感じる晨生は、熱くて、硬くて、十分に育ちきっていた。
あぁ、晨生も、もう……イくんだな。
心地よい解放感に浸りながら、冬霜が心の中でつぶやいた。
すると、晨生が大きく腰を引き、そして、深く奥まで冬霜を貫いた。
二度、三度と最奥まで突くと、冬霜の中に熱い飛沫が放たれる。
「ん……っ。っ、んっ」
声を殺しながら、晨生が冬霜に精液を放っている。
びくびくと震える男根を、冬霜の粘膜が優しく包み、子種を受けとめた。
晨生はすべてを吐き出し終えると、息を吸い、そして冬霜に口づける。
「………やっぱり、君とするのは、最高だ」
愛おしさに溢れたまなざしを受け、冬霜がうなずき返す。
冬霜はあらためて晨生の体に腕を回し、抱きしめたのだった。

冬霜らが青瑛に戻ってから、ひと月がすぎた。
その間、晨生は多忙を極めていた。
まず、太廟での儀式を終えた翌日には、高官や王族を前に、力を示す儀式が行われた。

藍宝城の上空には、小さな雲がひとつふたつ浮かぶていどの晴天であったが、晨生は雷鳴を轟《とどろ》かせ、予告した場所に雷を落としてみせた。

そうして、晨生は次期国王に、正式に決まった。

元より血筋は一番よく、戻った力は強大で、おまけに北伐に同行した経歴も箔《はく》づけとなっていた。

反対できる者はおらず、また、晨生が王と決まったことに、青瑛の住民も歓声をあげて受け入れたのである。

晨生は藍宝城の主となり、冬霜もそれに従った。

次期王となった晨生のそばに、昼夜問わず、影のようにつき従う異界人の姿は当然目立った。

それが紫豫の公子だとわかると、官人の中には眉をよせる者もいたが、表だって異議を唱える者はいなかった。それほど、雷を落とした影響は、すさまじかったのである。

次期王と定まった晨生は、向に太師の位を与えようと打診したが、それはあっさりと断られてしまった。

「いまさら、官位などいらん」

そう嘯く向に、晨生は自らの住居であった永楽宮を与えた。

蒼萃では、貴族や高官の自邸には醸造所があり、杜氏が自家で消費する酒を造る。つまり、向が気に入った酒をたらふく呑ませるという約束を守ったのである。

それから、広阿にて晨生と冬霜を匿った鄭の息子を永楽宮の家宰に任命し、鄭夫妻を青瑛に呼びよせた。

これには巨卿が渋い顔をしたが、「恩人に礼を返さぬのは、不祥ではないか？」という晨生の言葉に、巨卿も従わざるをえなかった。

また、林宗とともに計り、次の人事異動で、北伐で戦った諸将を、位は低くとも重要な地位につけることを内々で決定した。

「……もしかしたら、初代昊昭王は、これを狙っていたのかもしれないな」

林宗が去った後、冬霜とふたりきりになって晨生がつぶやいた。

「戦場に公子が出向き、命のやりとりをする場で、臣下の能と性情を見極める……。少なくとも、僕とともに北伐で戦った将兵たちは、派閥に関係なく、国や民を想う気持ちの強い者ばかり。まさに、社稷《しゃしょく》の臣だ。数は少なくとも、信頼できる臣下がいるということは、とても心強いことだ」

そうつぶやいた晨生の顔は、すでに、国を治める王のものであった。

「林宗という、よき右腕も得たことだしな」

冬霜が晨生の言葉にうなずいた。

林宗との話しあいには、当然、冬霜も同席していた。

口を挟むことはなく、ただ、黙ってふたりのやりとりを見ているだけであったが。

「……僕が北伐で得た最大の宝は、君だよ、冬霜」

晨生が隣に座る冬霜の手をとった。

真剣な目で恋人を見つめる晨生に、冬霜が首を左右に振って返す。

「おまえにとってはそうだろうが、蒼萃にとっての俺は、無用の長物だ。ただ、おまえと閨をともにするだけの存在でしかない」

「僕が、昊昭王を越える王となれば、僕の力を目覚めさせた君が最大の功労者となる。その時、君は史書にこう記されるだろう。冬霜は、晨生を達せり、とね」

「遠大な話だな。……俺が死んだ後の話では確かめようもないが、そう書かれる日が来ることを楽しみにしよう」

歴史という名の審判の存在を、冬霜は、その時初めて意識した。

晨生は、そんなふうに物事を見ているのか……。

歴史を作る場にいる。冬霜はその広大な現実に、目眩がしそうになった。

その冬霜の手を握る晨生の手に、力がこもった。

「僕は、君の記述をそれだけで終わらせる気はない。君にも爵位を与えたい。そう思って──悪いとは思ったけど、君の都尉令だった時の記録を──調べさせてもらった」

「いつの間にそんなことをしたのだ？　直接、俺に聞けばよいものを」

「僕もそう思ったけど、巨卿が……ごめん、本当は、巨卿が勝手に調べて僕に報告書を回してきたんだ」

　そういうことか、と冬霜はうなずいた。

「大司馬がやったことか。……それで、俺の勤怠は、大司馬のお気に召したか？」

「絶賛していた。太守、いや、将軍の地位に就けてもよいといってきた。それ以上に、彼は、君を自分の私兵に加えたがっているけどね。青瑛へ戻る途中、巨卿の騎兵隊の隊長と立ちあいをしただろう？　その時の君の勇姿が忘れられないようで、僕が君に飽きたら、ぜひ笵家に好待遇で迎えたいといっていた。……そんなこと、あるはずないのに」

　晨生が毒づき、冬霜が苦笑を返す。

「嫌われるよりはいいだろう。それで、おまえはどうするつもりだ？」

「……その前に、君の意向を聞きたい。なにか、希望する官はある？」

「おまえのそばにいられれば、それでいい」

　柔らかな表情で冬霜が本心を告げると、晨生が嬉しそうな顔をした。

「その言葉に、嘘はないね。……では、向道士に断られた太師の位が空いている。それではどうかな？」

　破格を超えた待遇を示されて、冬霜が目を見開いた。

「本気でいっているのか？　太師といえば、三公の上。宰相よりも上の位だぞ⁉」

「もちろん本気だ。ただし、三公より上といっても俸禄《ほうろく》だけで、実権は――あまりないね――。ただ、独立した府をかまえ、王に直接意見をいえる。とはいえ、太師は王后と同格だ」

「晨生……。おまえ、そんなに俺を王后にしたいのか？　俺は、男だぞ」

「わかってる。だから、太師にするんだ。太師となれば、誰も君を疎《おろそ》かに扱えなくなる。巨卿にも君房にも、頭をさげずに済むからね」

「頭をさげても、どうということもないのだが」

いくらでも頭をさげる気でいる冬霜に、たまりかねたように晨生が返した。

「それは、僕が嫌なんだ！　僕のわがままを聞いてはくれないのか？」

「あまりにもわがままがすぎると、統治に支障が出るぞ。それに、太師は特別職だ。俸禄はともかく、府を運営する金はどこからもってくる？」

辺塞で都尉令として金勘定をしていた冬霜は、経済観念が発達していた。

「僕には後宮が必要ないから、そこから流用する。もちろん、父王の妻妾《さいしょう》らには、爵位にふさわしい待遇を続けるつもりだ」

「そこまで考えているならば、いいだろう。……巨卿の内諾はとれたのか」

「伯倫を公子にすることで、手を打ったよ」

「さすが。ちゃっかりしている。宰相や大司空はどうだった？」

「宰相は、宰相職を続けることを交換条件にした。君房は……向道士を使いにした。僕の決定には従うとのことだ」

冬霜の眉がついとあがった。

晨生は向道士を使いにし、暗に、大司空を恫喝《どうかつ》したか。いずれ、近いうちに君房は大司空職を自ら辞すのだろうな。

罪人として君房が処罰され、一族郎党が隷民に落とされるよりは、君房ひとりが引く方が、侯家全体として得なのだ。

その計算ができない君房ではないと、わかっているからこその晨生の取引であった。

「……王后は……少君といったか、おまえの義母はどうするのだ？」

「一度、挨拶に行くつもりだ。その後で彼女の処分は決めたいと思う」

硬い表情で晨生が答えた。

晨生は、一度は君房に激しい怒りを覚えたようであったが、今は、なるべく穏便に事態を収めようと腐心していた。

なにごとも、白日の下に晒《さら》せばいいというわけではない。

王城を揺るがす醜聞も、それによる侯派の粛正も、最終的には紫豫のような他国の侵入を招く結果となる恐れがある。

そして、即位式の準備——儀式の予行練習や衣装の採寸など——に追われる晨生が、王后に会うことになったのは、冬霜とそんな会話をしてから、三日後のことであった。

王后・少君は、現在、威豪の治世時とかわらず、後宮の増礼舎に居住している。その増礼舎に晨生が招かれたのであった。

「お久しぶりです、義母上《ははうえ》」

初めて足を踏み入れる増礼舎に、やや緊張した面持ちで晨生が少君の前に出た。

いつもそばにいる冬霜も、この時ばかりは同席できず、他の侍従らとともに増礼舎の控えの房で待機していた。

「私の即位に当たり、義母上からのお力添えがあったことに感謝いたします」

「当然のことをしたまでです」

柔らかく甘い声が堂の上座、御簾《みす》の向こうから聞こえた。

そして、あたりさわりのない会話をした後、少君が脇に控えた女官に人払いをするように命じた。

広い堂にふたりきりとなったところで、少君が再び口を開く。

「晨生殿、兄から聞きました。向道士より、すべてお聞きになったのですね」

「……道士は、私に、私と王太子によく似た兄弟の話をされただけです」

「そうですか……」

向の名誉のために晨生が事実を口にすると、ため息混じりに少君が答えた。

「晨生殿は、さぞや妾《わらわ》たちを恨んでいらっしゃるでしょうね」

「恨んでない。……といえば、嘘になります。力を失ったことで、なくしたものがたくさんありましたから」

例えば、父王の愛情だ。けれども、失ったものばかりではなく、得たものも多かった。

とはいえ、晨生にそれを少君に説明する義理はない。

晨生が口を閉ざすと、沈黙が降りたつ。先に口を開いたのは、少君だった。

「兄は病を得たので、大司空の職を辞するといっています。……妾は、いかがしたらよろしいのでしょうね」

「義母上は、近頃、お体の具合がよくないとか。……王城の喧噪から離れた場所で、ゆっくりと静養なさるのがよろしいと思います」

「晨生殿のご温情に感謝いたします」

王城からの追放で済ますと晨生が暗に答えると、少君が礼をいった。

「……義母上に、お願いがあるのですが、よろしいでしょうか」

「妾にできることなら、なんなりと」

「一度、お顔を見せていただけますか？」

それは、純粋な好奇心であった。

王の妻妾でありながら、兄と通じ、不義の子を孕《はら》み、その子を王太子にする。

とんでもない悪行だ。その悪行を行った女の顔を見てみたい。そう晨生は思ったのだ。

蒼萃では、貴人の妻妾は他人にそうそう顔を見せることはない。

晨生と少君に血のつながりはない。対面する時にはいつも御簾がふたりの間を隔て、晨生は少君の顔を見たことさえなかった。

「……どうぞ、こちらへ」

晨生の願いに、少君はとまどったようであったが、御簾の内に入ることを許した。

「では、失礼します。ご無礼をお許しください」

晨生は御簾をあげ、中に入る。その目に、堅く唇を引き結んだ女の顔が映った。

少君はもう四十をすぎているというのに、外見は、晨生とそうかわらないように見えた。

化粧をほどこした顔は小作りで美しく、冒しがたい気品を備えていた。

小柄で、儚《はかな》げで。男の庇護欲を強烈にかきたてるか弱さを体現したような存在だ。

見るからに利発でしっかり者の晨生の母とは、正反対の女であった。

「――なるほど」

「なにが、なるほど、なのですか」

晨生の冷淡な声でのつぶやきが予想外だったのか、少君がとまどったように問いかける。

「父があなたに夢中になった理由がよくわかりました。そして、向道士があなたの願いを聞き届けた理由もです」

御簾という覆いがないせいか、晨生にしては珍しくずけずけしたものいいだった。

「……向道士は、どうやらそなたに真実を話していないようですね」

答える少君のまとう雰囲気が冷え冷えとしたものへとかわった。

「どういうことです？」

「もちろん、なぜ、向道士が妾の願いを叶えたか、その理由をです。……晨生殿、そなたの父上は、妾と兄の君房を同じ褥に招いていたのです」

「…………え？」

あまりにも破廉恥な告白に、晨生が耳を疑った。

同じ褥に少君と君房を招く……つまり、父は兄妹を同時に抱いていたというのか！

蒼白《そうはく》となった晨生に、少君が恨みがましい目を向けた。

まるで、ここにはいない亡父のかわりに、晨生に恨みつらみをぶつけるように。

「妾は兄を受け入れたことはありません。けれども……妾は力をもたぬ子を身ごもってしまった。そんな妾を、そうして生まれた延寿を、向道士は憐れんでくださったのです。向道士を侮辱することは、妾が許しません」

「…………」

少君の打ち明け話を、晨生はとうてい認めがたかった。かといって、嘘だと安易に否定することもできなかった。

そんな理由があったのならば、向が少君に肩入れしたのも無理はない。晨生は、うっすらと感じていた違和感が消え、すとんと腑に落ちた気がした。

親の因果が子に報い……と、いうことか。僕が力を奪われたのも、結局は、父に原因があったのだな。

諸悪の根源が誰であったか、今、初めて晨生は理解した。

少君の前にひざまずき、晨生が頭《こうべ》を垂れる。

「……義母上に無体な真似《まね》をしたこと、父にかわり、私が謝罪いたします」

「いまさら……っ。…………いいえ、そなたが謝る必要はないのです。妾の方こそ、そなたに酷いことをしたのですから。晨生殿、どうか、頭をあげてください」

「いいえ。父の犯した罪をつぐなうは、子の務めです。とはいえ、私は義母上に、父を許してほしいとは、とうていいえません」

至尊の地位にあろうとも、していいことと悪いことはある。

兄と妹を、ともに寵愛《ちょうあい》するのはいいだろう。だが、ふたり並べて同時に愛でる行為は、とても褒められたものではない。

この人もまた、被害者なのだ。

晨生は憐れみと悲しみを噛みしめながら、心の中でつぶやいた。

「……では、晨生殿も、妾を許してはくれないのですか？」

か細く濡れた声に、晨生が顔をあげた。

少君は、童女のように泣いていた。

大粒の涙をはらはらと流しながら、晨生を見ている。

傷つけられて逆恨み、そして犯した罪を、少君は心から悔いているようであった。

「許す……ことは、今すぐには、できません。しかし、いずれ……。時がすぎれば、そんなこともあったと思える日が来るのではないでしょうか。明けない夜はなく、冬の後には春が……必ず訪れるものですから」

答えながら、晨生は冬霜を思う。今、晨生は無性に冬霜に会いたくなっていた。

塩辛い食べ物を口にした後、水で喉を潤すように、冬霜を欲した。

「真実を教えてくださって、ありがとうございました。……用件も済みましたし、これで失礼いたします」

「晨生殿……。ご健勝を、お祈りいたします」

「私も、義母上が心穏やかにすごせる日がくることを、願ってやみません」

別れの挨拶を告げ、御簾の内から出ると、晨生は早足で冬霜の待つ房へ向かった。

「冬霜……！」

侍従の目も気にせず、晨生は冬霜に抱きついた。

「どうした？」

人の目を気にしながらも、冬霜が晨生の背に手を回した。

冬霜の髪から漂う髪油の匂いを嗅いで、晨生はようやく人心地がついた気がした。

「早く帰ろう。僕は、これ以上、ここにいるのに耐えられない」

「わかった」

冬霜が侍従に目で合図する。

侍従は、北伐の際、晨生の身の回りの世話をした者で固めている。彼らは晨生に真心をもって仕えていたし、冬霜に対して敬意も払っている。

速やかに一行は増礼舎を後にした。寝室に戻った晨生は、すぐさま冬霜を牀に誘い、白い肌を愛撫する。

あまりのやるせなさに、冬霜の温もりが、晨生には必要だった。

さすがに父の愚行を告白することはしなかったが、それでも冬霜は晨生を、その体でもってなにも聞かずに慰めたのだった。


そして、瞬く間に時がすぎ、晨生の即位の日がやってきた。

杜の店からとりよせた純白の裘と紫紺の即位用の衣装をまとい、頭上にまばゆいほどの玉石を飾った冠をつけた晨生は、冬霜が思わず見惚れるほどに凜々しく威厳に満ちていた。

その冬霜は、白絹に銀糸と濃い青の糸で吉祥文様を刺繍した、豪華な袍と揃いの裳を身にまとっている。

即位の儀の最初は、太廟で太常の補佐を得て、晨生が先祖に王位につくことを奏上することからはじまる。

その後は、承明殿――王が臨席し会議を行う建物だ――の正面の広場で、官人と他国からの使者を前に、晨生のお披露目――王族として力を示す儀式だ――となる。

冬霜は、太師に就任前なので、王族の末席に並ぶこととなった。その隣には、臣下の最高位である巨卿が続く。

少君と君房は、病を理由に欠席している。そのため、侯派の面々は不安げにしていた。

向道士は、堅苦しい席は嫌だと、永楽宮で美酒に舌鼓を打っている。

林宗は、一足早く近衛の隊長として、晨生のそば近くで警備についていた。

晨生の即位を祝う他国からの使者のうち、紫豫からの使者は、あの蘇将軍であった。

蘇は、王族の列に並ぶ冬霜を見つけると、驚愕のあまり今にも卒倒しそうになっていた。

そんな蘇を見て、冬霜は吹き出しそうになる。

死んだと思っていた俺が、生きていたのだから、当然か。

内心で蘇を憐れみながら、冬霜が他国の使者を見た。

夏華の西方、珀栄からは宰相が自ら赴いていた。通常、他国の王の即位式には、九卿が列席する。それが、九卿の上、三公のしかも筆頭である宰相が訪れたのだ。

晨生が、初代国王なみの力をもつと知って、探りを入れにきたか……。珀栄の諜報網《ちょうほう》は、侮れないな。しかし……。

そう内心でつぶやいて、冬霜は珀栄の宰相の隣を見た。

そこには、御簾のさがった帷幄《いあく》がしつらえられている。

朱豊からの使者は訪れなかった。なんと、国王の晁鳳璋が自らやってきたのだ。

現在の夏華で、一番勢いのある国は朱豊だ。その朱豊の繁栄をもたらした王のおでましに、冬霜は驚愕していた。

破格の王だ、という噂は聞いていた。しかし……まさか、これほどとは。

驚くと同時に、冬霜はどこか誇らしく思っていた。

実績も実力も十分な英王が、晨生の即位を祝うためにやってきたのだ。晨生にそれだけのなにかがあると鳳璋が考えたに違いない、と冬霜は判断する。

そして、承明殿から晨生がやってきた。

晨生が上空を見あげる。今日の青瑛は快晴で、晴れ渡った青空が広がっていた。

よし。みんなを驚かせてやろう。

そんな晨生のつぶやきが、冬霜には聞こえた気がした。

晨生が目を閉じ、ややあって、雨が降りだした。

どしゃぶりではなく、霧雨に近い。そうして、晨生が西の空を指さす。

「――あっ」

冬霜の口から声が漏れた。

冬霜だけではなく、他の参列者の口からも、次々に声があがった。

西の空には、大きな虹が、綺麗に浮かんでいた。それもひとつではなく、ふたつの虹が。

二重の虹が、冬霜には、自分と晨生のふたりのように思えた。

「明けない夜はなく、冬の後には、必ず春が訪れる。朕《われ》は、朕の治世においてどのような困難があろうとも、その希望を忘れずに国を治めたい」

虹を背に、高らかに晨生が宣言する。

明けない夜はない……か。晨生、俺の朝日。俺の希望はおまえだよ。

冬霜は心の中でつぶやくと、国王となった晨生をまぶしげに見つめたのだった。

# あとがき

はじめまして、こんにちは。鹿能リコです。このたびは『生け贄王子の婚姻譚』を、お手にとってくださいまして、本当にありがとうございました。

この話は、以前、別の出版社から出しました『鳳凰の愛妾』という本と同一の、夏華という、ざっくり漢あたりを参考にした、なんちゃって中華な世界観が舞台となっております。とはいえ、国も登場人物もまったく別ですので、そういうものか、ていどに気楽に読んでいただければ幸いです。

この話ができたきっかけは、「セックスしないと出られない部屋」。攻にほんのり寝とられ属性を追加、受は男相手の経験者がいいね！　受攻は固定してるけれど、ふたりの関係性は、なるべく対等がいいし、体格差もない方が、私が萌え。ということで、そこから逆算して大筋を考え、こうなりました。

この小説は、初めての登場人物まで含めて、全部異世界ものとなります。

小説家を最初に志した時には、確か、こういう話が書きたかったんだなぁと、いまさらながらに思い出しました。ただ単に、筆力不足でこれまで書けなかったわけですが、なんとか目標に到達できたことが、本当に嬉しいです。

編集様には、いつもお世話になっております。今回、お題を「夏華の話」としてくださらなかったら、この話は生まれていませんでした。今まで書いた小説の中で、一番、構成と伏線がうまくいったと思います。貴重な体験ができました。ありがとうございます。

挿絵を描いてくださった緒田先生にも、心からの感謝を。

表紙から本文イラストに至るまで、細やかに私の要望や意向を反映してくださいました（表紙は「できれば、異世界戦記ものっぽいかんじで」と、キャラクターでは「主役ふたりは、ダブル攻カップルくらいな見た目で」という無謀なリクエストでした）。

そして、こんなに素晴らしい表紙を、凛々しい晨生とかっこいい冬霜を、すてきな本文イラストを描いてくださいました。ありがとうございます、本当にありがとうございます。

それでは失礼いたします。ここまで読んでくださった皆様に、心からの感謝を捧げます。

少しでも楽しんでいただければ幸いです。

鹿能リコ

たのしかったです—♡
基本、冬霜をヤル事しか
頭にない晨生が
かわいいです♡
幸せになって下さい！
よかよか
うぃ〜っ
大人で男前！
冬霜♡
いちゃ
いちゃ
すきすき♡
ありがとう
ございました！
おだ

ラルーナ文庫

この本を読んでのご意見・ご感想・ファンレターなどお待ちしております。〒110-0015 東京都台東区東上野5-13-1 株式会社シーラボ「ラルーナ文庫編集部」気付でお送りください。

本作品は書き下ろしです。

# 生《い》け贄《にえ》王子《おうじ》の婚姻譚《こんいんたん》

2016年5月7日　第1刷発行

著　　者｜鹿能《かのう》リコ

装丁・DTP｜萩原 七唱

発 行 人｜
曺 仁警

発 行 所｜株式会社 シーラボ
〒110-0015　東京都台東区東上野 5-13-1
電話　03-5830-3474／FAX　03-5830-3574
http://lalunabunko.com

発　　売｜株式会社 三交社
〒110-0016　東京都台東区台東4-20-9　大仙柴田ビル2階
電話　03-5826-4424／FAX　03-5826-4425

印刷・製本｜シナノ書籍印刷株式会社


ISBN978-4-87919-892-1